Tu, a Escuridão

Mayra Montero

Tu, a Escuridão

Romance

Tradução
Mario Pontes

Copyright © 1995, Mayra Montero

Publicado originalmente em castelhano por
Tusquets Editores, Barcelona, 1995.

Título original: *Tu, la Oscuridad*

Capa: Raul Fernandes

Editoração eletrônica: Imagem Virtual Editoração Ltda.

1999
Impresso no Brasil
Printed in Brazil

CIP-Brasil. Catalogação-na-fonte
Sindicato Nacional dos Editores de Livros, RJ.

M786t	Montero, Mayra
	    Tu, a escuridão : romance / Mayra Montero ; tradução Mario Pontes. — Rio de Janeiro : Bertrand Brasil, 1999.
	    224p.
	
	Tradução de: Tu, la oscuridad
	ISBN 85-286-0691-0
	
	1. Romance cubano. I. Pontes, Mario, 1932–. II. Título.

98-1915	CDD — 868.992313 CDU — 860(729.1)-3

Todos os direitos reservados pela:
BCD UNIÃO DE EDITORAS S.A.
Av. Rio Branco, 99 — 20º andar — Centro
20040-004 — Rio de Janeiro — RJ
Tel.: (021) 263-2082 Fax: (021) 263-6112

Não é permitida a reprodução total ou parcial desta obra, por
quaisquer meios, sem a prévia autorização por escrito da
Editora.

Atendemos pelo Reembolso Postal.

Sumário

A ovelha azul   9
      Bombardópolis   21
A luz do mundo   29
      Coração   37
Aves que não conheces   53
      A caçada   67
Gente sem rosto   75
      Urina de vaca   89
Bárbara   97
      Tu, a escuridão   105
Choça de índios   115
      Julien   127
Pereskia quisqueyana   139
      Segredo e grandeza   153
Alma de *macoute*   163
      A fé da Guiné   175
Água na boca   183
      Cité Soleil   195
Breakfast at Tiffany's   205
      Neptuno   217

Em memória de meu pai.

A autora agradece a ajuda dos herpetólogos porto-riquenhos Juan A. Rivero e Rafael Joglar, assim como a dos membros da Task Force on Declining Amphibian Populations, com sede no Oregon. A eles é também dedicado este livro.

A ovelha azul

UM ASTRÓLOGO TIBETANO predisse a Martha que eu morreria queimado. Lembrei-me dessa previsão logo que Thierry se pôs a falar dos banquetes de sua infância. Foi uma associação gratuita, pois na realidade o que ele queria me dizer era o nome de certa fruta que havia provado apenas uma vez na vida, ainda muito criança, creio que foi quando adoeceu de impaludismo, e para o consolar seu pai levou-lhe à cama aquele manjar exótico. Pela descrição, deduzi que se tratava de uma pêra. Thierry começou a rir baixinho: aquela fruta era uma espécie de hóstia, e nunca mais alguma coisa parecida havia passado pelos seus lábios.
Estávamos deitados sobre as ervas, e deixei que ele falasse um pouco. É impossível esperar que um homem como Thierry se mantenha calado por muito tempo. Tínhamos acabado de gravar a voz de um espécime precioso, um pequenino sapo de ventre azul que só se deixa ver durante uma semana por ano, e então pensei que a felicidade de haver captado aquele som me ajudava a ser condescendente. Talvez tenha sido essa felicidade, e não a

história da pêra, o que me obrigou a pensar na morte, na *minha morte*, e no que haviam dito a Martha em Dharamsala. "Disseram que meu marido morreria queimado" — e eu tinha a impressão de ouvir sua voz, enfurecida pelo fato de lhe ter sugerido que certamente havia um mal-entendido naquela história —, "e tanto quanto eu saiba meu único marido é você." Thierry continuava nostálgico, lembrando como se comia bem, uns trinta ou quarenta anos atrás, em Jérémie, e concluí, era bastante irônico que alguém me vaticinasse aquele final, levando-se em conta o tempo que eu passava submerso em charcos e lagoas, banhando-me com as duchas dos aguaceiros, arrastando-me pelas margens dos rios, a boca cheia de lodo e as pálpebras orladas de mosquitos. Também isso eu havia dito a Martha.

"Mas isso não é nenhuma garantia", ela respondera, feliz por me contrariar, "a gente morre queimada em um avião, em um quarto de hotel e até mesmo em um bote, bem pertinho da água..."

De Dharamsala Martha havia trazido aquele abrigo. Era um presente de Bárbara, a amiga que a havia acompanhado na viagem. Achei um bocado grande, ela porém alegou que isso se devia ao fato de a peça ser de lã de ovelha azul, teria eu ouvido falar alguma vez de tal ovelha? Era o prato predileto do leopardo das neves. Olhei-a fixamente, e ela sustentou meu olhar: aquele presente era a melhor prova de que Martha, por sua vez, era o prato predileto de Bárbara.

Quando se tem uma profissão semelhante à minha é muito fácil captar certos sinais, identificar certos cheiros, reconhecer os movimentos anteriores ao *amplexus* (assim nos referimos ao abraço sexual entre as rãs) que se aproxima. Martha não permitiu que eu a acompanhasse naquela viagem — anos antes, recém-casados, falávamos com freqüência de uma viagem à Índia —, mas não o disse às claras, foi calculista, disse-o com a maior crueldade possível: já que eu tinha de ir a Nashville para o meu congresso — disse "teu congresso" —, ela aproveitaria a oportunidade para dar duas semanas a si mesma e fazer uma viagem com a sua melhor amiga. Naquela ocasião evitou mencionar o nome do lugar aonde iriam, e eu deixei que as águas corressem, prometi a mim mesmo que não lhe faria nenhuma pergunta, mas aos poucos fui confirmando as minhas suspeitas: graças aos folhetos que apareceram em casa repentinamente, aos livros sobre a placa hindustânica — Bárbara é geóloga — e finalmente às passagens aéreas. Martha guardava todas essas coisas em sua maleta, e certa noite resolveu tirá-las de lá e deixá-las em cima da mesa maior do escritório, era óbvia a intenção de que eu as descobrisse ali, de que as examinasse, sem dizer uma palavra, e compreendesse. A gente necessita muito de compreensão.

Pouco antes de partir, avisou-me de que estava deixando no computador a relação dos hotéis e das datas aproximadas de hospedagem em cada um deles. Rindo, acrescentou que havia identificado o documento com o título de "périplo hindu", e eu fiz de conta que não tinha ouvido. No último minuto também me proibiu de acompanhá-la ao aeroporto: uma amiga de Bárbara havia se oferecido para levar as duas, e assim nossas despedidas foram mesmo em casa — naquela noite também saía meu vôo para Nashville —, sem uma insinuação, sem uma repreenda, pois adotei a premissa de que a menor tentativa de pedir explicações a Martha seria humilhante para mim.

Thierry costuma dizer com freqüência que o erro não está no fato de um homem ter medo de morrer, o erro está mesmo é no fato de um homem nunca pensar na morte. Não disse exatamente com essas palavras, talvez tenha usado outras, melhores e mais adequadas. Thierry é de uma eloqüência grave, profunda, quase bíblica. Quando Martha regressou, muito depois do que havia planejado, trazia aquela capa de ovelha azul como quem traz um troféu, e a certeza incontrastável da espécie de morte que me esperava na minha vida atual — e ela sublinhou "nesta tua vida atual". Percebi, então, que durante todo o tempo em que estivéramos longe um do outro eu não havia pensado nem uma vez na possibilidade de que ela estivesse de algum modo me abandonando. Perguntou-me, a título de cortesia, qual tinha sido a reação do público à minha comunicação, mas não cheguei a ter tempo de responder-lhe, pois houve uma interrupção, alguém a chamou pelo telefone, ela falou pouco e em seguida veio de novo para perto de mim, e até se sentiu na obrigação de perguntar, pela segunda vez, como foram as coisas em Nashville?

Justamente em Nashville tinha nascido a idéia da presente expedição, mas desse assunto não lhe falei. Poucas horas antes de voltar de Nashville eu havia recebido um convite para jantar, vinha em um cartão branco com o desenho de uma rãzinha cinzenta em relevo: o Dr. Vaughan Patterson, eminente herpetólogo australiano, esperava-me às oito horas no restaurante Mère Bulles, e me encarecia que fosse pontual.

A grande honra do convite me fez tomar uma precaução extraordinária: corri a ver se na maleta havia alguma camisa limpa e um casaco para tal ocasião. Deixei o hotel às sete em ponto e me pus a caminho pela Commerce Street, a rua que vai dar na Segunda Avenida, bem em frente ao restaurante. Era uma caminhada curta, não deveria durar mais de quinze ou vinte minutos, mas eu já queria estar lá quando Patterson chegasse. Patterson tinha fama de impaciente, encolerizava-se com facilidade e desprezava os colegas que falassem de algum assunto alheio aos anfíbios. Ainda assim, qualquer um deles teria lutado pelo privilégio de dividir a mesa com Patterson. Ele era a maior autoridade viva em tudo que dissesse respeito aos anuros africanos; seus trabalhos sobre os axolotles da Tasmânia eram legendários, e ele se orgulhava de manter vivo — numa altura em que a espécie já era tida como extinta — o último exemplar do *Taudactylus diurnus*, sobrevivente de uma colônia que ele mesmo havia criado em seu laboratório de Adelaide.

Quando entrei no restaurante, quarenta minutos antes da hora prevista, já encontrei Patterson lá. Sorriu timidamente, dir-se-ia com tristeza, felicitou-me pela comunicação e me ofereceu uma cadeira ao seu lado. Notei que sua pele parecia de celofane, e que suas mãos eram frágeis, pequenas e um tanto rígidas. Com uma daquelas mãos se pôs a desenhar no guardanapo, vi como caprichava no desenho de uma rã, e nem sequer ergueu os olhos quando o garçom chegou com a bebida. *Eleutherodactylus sanguineus*, escreveu em seguida, encaixando sua letra miúda entre as patas do animal. Passou-me o desenho com um sussurro:

— Ajude-me a procurá-la, se é que ainda resta alguma no Mont des Enfants Perdus*, do Haiti.

---

* Há neste romance numerosas expressões e palavras pertencentes ao *créole*, forma tomada pelo francês no Haiti. As diferenças entre o francês e o *créole* são muitas, e se tornam mais visíveis na acentuação das palavras. (N. do T.)

Depois caiu em silêncio, e se pôs a olhar para o rio. Pela janela do Mère Bulles vêem-se as águas do rio Cumberland correndo, e de vez em quando a passagem de um daqueles navios a vapor feitos de pura nostalgia. Naquele momento, um deles, chamado *Belle Carol*, cruzava o espaço da janela. Embora surpreso, concentrei-me deliberadamente no desenho. Ao perceber, Patterson tirou-me o guardanapo das mãos.

— Não tenho tempo nem saúde para procurá-la — disse entre os dentes. — Por acaso já lhe disseram que estou com leucemia?

Neguei com a cabeça. Fôramos apresentados três anos antes, no Congresso de Canterbury: naquela ocasião não trocamos mais de dez ou doze frases, e depois estivemos juntos na mesa-redonda em que se discutiu o desaparecimento da *Litoria aurea*. Falamos apenas de rãs, e isso foi tudo.

Patterson dobrou o guardanapo e com ele limpou a comissura dos lábios, estragando assim o desenho. Então me propôs um trato: se eu aceitasse fazer a expedição no outono, o Departamento de Biologia de sua universidade arcaria com todos os gastos; e no momento em que eu lhe entregasse um exemplar do *Eleutherodactylus sanguineus* ("me conformo com um"), ganharia uma bolsa de dois anos para pesquisar aquilo que quisesse, no lugar que escolhesse. Não era necessário dizer, acrescentou, que esperava uma resposta imediata.

Devo reconhecer, a esta altura, que Martha é uma pessoa muito desconfiada, para o que deve contribuir sua profissão, que lhe permite captar até mesmo no ar o menor sinal de instabilidade ou perigo. Pouco a pouco ela foi percebendo que algo importante me havia ocorrido em

Nashville, algo relacionado com a minha comunicação, e o perigo estaria no que eu lhe deixasse de contar.

Daí por diante Martha pôs de lado a cortesia e assumiu todos os riscos do assédio: interrogou-me sobre cada um dos detalhes do congresso; perguntou pelas outras comunicações, seus autores e os temas que havíamos discutido; queria saber se alguém havia dito alguma coisa importante, se houvera alguma notícia inesperada, alguma dessas bombas que caem repentinamente no meio de uma conferência e deixam todos de boca aberta. Por acaso eu ainda estava lembrado do dia em que Corben, muito circunspecto, havia soltado a história da incubação do *Rheobatrachus silus*?

Claro, eu me lembrava. Martha era capaz de recorrer a qualquer espécie de ardil quando queria me arrancar alguma informação. Sabia que a alusão a Corben disparava em mim mecanismos de nostalgia, de nostalgia e rivalidade, coisas que às vezes se confundem lá dentro do coração de um caçador de rãs, de um pesquisador disposto a chegar primeiro e dar o golpe antes de todos os demais. Ela tentava descobrir o que havia se passado em Nashville e, para conseguir, descia ao meu inferno, incitava minhas invejas, revolvia minhas pequenas dores e fracassos. Corben era um gênio de sorte.

Claro que, visto de outro lado, seu interesse não me era de todo surpreendente, pois de Martha também se podia dizer que era uma cientista. Antes de nos casarmos já havíamos escolhido campos diferentes, e a opção de Martha tinha sido a biologia marinha. "Em vez da separação de bens", ela dizia aos amigos, "Víctor e eu estamos fazendo uma separação de faunas." Não obstante, ela sempre se manteve a par dos meus projetos, e foi uma colaboradora minuciosa desde que comecei a acumular dados sobre os desaparecimentos.

No início evitávamos dar esse nome ao fato, para o qual utilizávamos palavras menos contundentes: minha favorita era "declínio"; as populações anfíbias "declinavam"; colônias inteiras de sapos saudáveis ocultavam-se para sempre; as rãs que numa temporada tínhamos cansado de escutar, na temporada seguinte emudeciam e escasseavam; adoeciam e morriam, ou simplesmente fugiam, sem que ninguém pudesse dizer para onde ou explicar por quê.

No entanto, as suas perguntas sobre o que havia acontecido em Nashville deixavam à vista um novo tipo de ansiedade; um novo gosto pelo detalhe trivial, coisa que ia muito além da mera curiosidade científica. É claro que não mencionei meu encontro com Patterson, foi ela quem perguntou se eu não tinha visto o australiano. Perguntei-lhe, com o maior cuidado, a que australiano se referia, a quem, entre aquelas dezenas de herpetólogos vindos de Melbourne, Sidney e Camberra. Mas não me convinha esticar a nota. Eu devia saber que o australiano, o único australiano digno de sua curiosidade, era o venerado Vaugham Patterson.

Dois meses mais tarde ela soube casualmente da iminência de minha expedição. O professor que me substituiria no laboratório telefonou a fim de passar informações sobre outra espécie haitiana que há muitos anos deixou de ser vista. Martha anotou o nome da rã —*Eleutherodactylus lamprotes*—, recolheu todos os dados sobre o animal e os datilografou cuidadosamente em uma pequena ficha. No final, escreveu à mão a seguinte frase:

"Não te parece que o Haiti é um lugar perigoso para expedições?"

Transferi os dados para o meu próprio fichário e lhe devolvi o papel, com uma nova frase escrita embaixo da sua:

"Teu astrólogo já disse: morrerei em fogo lento, nesse ou naquele lugar."

Entre 1974 e 1982 o sapo *Bufo boreas boreas*, mais conhecido como Sapo do Oeste, desapareceu das montanhas do Colorado e de quase todos os lugares que constituíam seu habitat na América. Segundo estudos realizados pela doutora Cynthia Carey, professora de biologia da Universidade do Colorado, a causa do desaparecimento foi uma infecção em massa, produzida pela bactéria *Aeromonas hidrophila*. Essa infecção provoca graves hemorragias, especialmente nas patas, que adquirem uma coloração avermelhada. Daí o nome da enfermidade: Mal da Pata Vermelha.

Um sapo saudável não deveria sucumbir à infecção causada pela *Aeromonas*. Mas o sistema imunológico do *Bufo boreas boreas* falhou.

As causas dessa falha continuam desconhecidas.

Bombardópolis

MEU PAI NUNCA ME CHAMOU pelo meu nome. Aquilo que a gente ama, a gente respeita, costumava dizer, e por isso não é necessário falar daquilo que se ama.

Isso meu pai havia aprendido com seu pai, que também não o chamava pelo nome. Era um costume antigo, algo que se impôs com o primeiro homem, com o primeiro pai de um pai de meu pai, que chegou a esta terra procedente da Guiné.

Meu pai se chamava Thierry, como eu, e tinha uma profissão muito difícil, a mais difícil que alguém já pode ter conhecido: vivia da caça, era um daqueles que os nossos caçadores chamavam de *pwazon rat*.

Minha mãe, que se chamava Claudine, tinha bastante trabalho com seus cinco filhos. A gente morava em Jérémie, não na cidade, mas em um bairro nas imediações do porto. Ali aprendemos a nadar, ali aprendemos a pescar. Naquele tempo o Haiti era outra coisa. Até o mar era maior, ou mais profundo, ou mais querido pelos peixes, e daquele mar se tirava o alimento, uns peixes de carne branca e espinhas curtas, que alegravam a família inteira. A gente também tinha uma criação de porcos, daquela raça de porcos malhados, era uma festa lá em casa quando nascia uma ninhada. Um dos leitõezinhos era separado dos outros, para ser sacrificado e oferecido ao Barão. Minha mãe era devota do Barão-la-Croix, e meu pai também, por força da profissão. O senhor quer saber para onde as rãs estão indo. Não posso lhe dizer, senhor, mas posso lhe perguntar, para onde foram os nossos peixes? Quase todos abandonaram este mar, e da montanha desapareceram os porcos selvagens, e também os patos migradores, e foram embora até mesmo os iguanas que podiam ser comidos. E não é nada bom a gente ver o que restou do corpo dos homens, olhe para eles com atenção: os ossos deles parece que são empurrados de dentro para fora, parece que forçam a pele como se quisessem fugir do lugar onde estão, como se quisessem abandonar a carniça amolecida de tanto ser açoitada, como se quisessem procurar outro lugar onde se esconder.

Não digo a ninguém, mas às vezes eu penso, um dia vai aparecer por aqui um homem como o senhor, um homem que atravessou o mar para vir atrás de um casal de rãs, e rã quer dizer qualquer animal, e tudo que esse homem vai encontrar aqui é um grande monte de ossos, um monte mais alto do que o pico Tête Boeuf. Então esse homem vai dizer: "Meu Deus, o Haiti acabou-se, esta ossarada é tudo que resta dele."

Nos dias de domingo, papai trazia caramelos para nós. O lugar onde eram comprados era uma botica de Jérémie, um lugar repleto de trastes e de cheiros, que se chamava Pharmacie du Bord de Mer, um lugar em que se dava mais atenção aos doces do que aos remédios, naquele tempo ninguém tomava remédio. O proprietário era um homem magro, de olhos fundos e orelhas dobradas para diante, como as de um cachorro doente, sem falar da boca pequenina e grosseira, uma boca de cu de galinha, que não se abria nem para dar bom-dia. Tinha herdado a botica por morte da mãe, que havia morrido queimada em um tacho de melaço fervendo. Quando isso se passou eu ainda não era nascido, mas sempre soube que em Jérémie todos lamentaram o ocorrido, que foram ao enterro levando velas e tambores, que haviam feito ofertas aos *loas* e espíritos da luz, e que durante muitos dias tinham andado de luto.

Foi assim que o acidente aconteceu: uma empregada de Madame Christine, como se chamava a dona do negócio, estava andando de um lado para outro com um saco cheio de garrafas, e em certa hora escorregou, e tentou se apoiar no ressalto do fogão, mas se agarrou mesmo foi na borda do tacho em que ferviam as xaropadas daquele dia. Madame Christine estava agachada junto ao fogão, dando leite ao seu gato. A desgraceira se despejou em cima dos dois: ela nem sequer se mexeu, foi cozinhada ali mesmo, não conseguiu sequer soltar a vasilha com o leite, e a vasilha também ferveu com aquele banho de fervura; o gato conseguiu fugir e foi morrer no meio do mato.

Eu era muito pequeno quando me contaram essa história pela primeira vez, mas ainda me lembro de ter imediatamente perguntado, e o que foi que aconteceu com a mulher que andava de um lado para o outro com um saco cheio de garrafas? Sempre faço isso quando me contam uma história: sigo o rastro das pessoas que vão ficando para trás, que foram esquecidas, que sumiram sem motivo nenhum. Todos falavam de Madame Christine e do gatinho dela, pois muito bem, a gente quer saber o que foi que aconteceu com a empregada. Também escorregou, terá saído com as costas queimadas? Ou será que, devagar, chegou pertinho da patroa morta, tirou a vasilha das mãos dela e soprou o leite para separar a nata?

Meu irmão mais velho se chamava Jean Pierre, e tinha nascido meio coxo. Na verdade nós dois nascemos juntos, gêmeos, mas acontece que Jean Pierre foi o primeiro a ser puxado pela parteira, e ela estava com tanta pressa que acabou desmantelando um tornozelo de meu irmão. Um ano e meio mais tarde veio ao mundo Yoyotte, a única fêmea que minha mãe pariu, e o nome dela foi dado em homenagem à sua madrinha, cozinheira em Bombardópolis, um lugarejo situado ao norte de Jérémie, onde meu pai costumava passar longas temporadas. Pouco depois nasceu meu irmão Etienne, e só muitos anos mais tarde foi que veio ao mundo nosso irmãozinho mais novo, o Paul.

Quando a madrinha de Yoyotte vinha visitar a gente, era aquele banquete. Meu pai convidava seus irmãos; minha mãe convidava suas primas, pois os irmãos dela tinham todos morrido; é claro que as primas traziam os filhos pequenos, e a casa enchia-se de gritos e correrias, e Yoyotte, a cozinheira mais famosa de Bombardópolis, se punha a cantar enquanto batia claras de ovos para fazer os suspiros. Da canção ainda me lembro muito bem:

> Solèy, ò, Moin pa moun isit o, solèy,
> Moin sé nég ginin, solèy,
> M'pa kab travèsé, solèy,
> Min batiman-m chaviré, solèy.

Era uma canção muito triste: "Ó Sol, eu não sou daqui; Sol, / eu nasci na Guiné, Sol, / e não posso mais voltar, Sol, / o meu barco foi a pique, Sol...", mas Yoyotte Placide costumava cantar como se aquela fosse a canção mais alegre do mundo. Ela sempre dizia que não havia meio de uma pessoa afofar um bom suspiro a não ser cantando para as gemas que ficavam de lado, guardadas para o pastelão. Era obrigatório fazer um agradinho à galadura, e dizendo isso Yoyotte mostrava um ponto vermelho no centro da gema: era por ali que a canção entrava, e era dali que saía a ordem para que as claras, misturadas em uma vasilha separada, deixassem que a gente batesse nelas até espumar. Era assim que a gente preparava os suspiros.

Os irmãos de meu pai bebiam rum Barbancourt, e as primas de minha mãe de vez em quando viravam suas goladas. Uma das primas, de nome Fru-Fru, levantava a saia e começava a dançar. Minha mãe repreendia a prima, mas Fru-Fru não lhe dava ouvidos, a meninada se sentava no chão diante dela, e aplaudia cada vez que ela dava uma cambalhota. Meu pai também aplaudia e às vezes dançava com ela, agarrava a prima de minha mãe pela cintura, e os dois giravam, mas então minha mãe deixava a cozinha e vinha separar Fru-Fru do marido, a meninada tornava a aplaudir, pois a essas alturas Fru-Fru já havia desabotoado a blusa e as tetas já haviam saltado para fora, e como eram grandes, eram enormes e um tanto claras. As outras primas vinham correndo a fim de impedir que minha mãe batesse em Fru-Fru, e Fru-Fru caía desmaiada, ficava de boca aberta e se punha a gemer, a gente via que alguma coisa saltava dentro do estômago dela e descia pelo ventre abaixo, para a meninada ela havia engolido um sapo — desculpe, já sei que o senhor não gosta que se brinque com esses bichos —, além de sujeitar Fru-Fru as mulheres davam uns cascudos nela para impedir que tirasse o resto da roupa.

Meu pai ficava de mau humor, pois detestava levar repreensão de minha mãe na presença dos irmãos dele, deixava a casa furioso, e durante algum tempo caminhava pelas imediações, olhando o mar, bebendo goladas de rum. Fru-Fru aos poucos se acalmava, tinha uma filhinha chamada Carmelite, e ela lhe esfregava panos úmidos na testa, ajudava a mãe a pentear-se. Minha mãe jurava que nunca mais ia convidar Fru-Fru, mas alguns meses tudo já estava esquecido, e quando a madrinha de minha irmã anunciava sua visita, Fru-Fru aparecia para o banquete.

Com o tempo Fru-Fru deixou de dar aqueles espetáculos, a garotada pedia que ela dançasse, mas Fru-Fru dizia não com a cabeça e sorria. Agora, em vez de dançar, ia descascar batatas junto dos chiqueiros, jogava as cascas para os porcos malhados e ficava pensativa, olhando como eles comiam.

Minha irmã Yoyotte queria ser uma cozinheira tão boa quanto a madrinha, queria abrir em Jérémie um negócio semelhante ao que a outra mantinha em Bombardópolis. Yoyotte Placide não era contra a afilhada aprender o ofício, mas tentava convencer a mocinha a não instalar o negócio em Jérémie, mas a se mudar para Bombardópolis e ali lhe ajudar na venda de comidas que já havia montado. "Mais cedo ou mais tarde será tua", dizia a madrinha Yoyotte, pois ela não havia tido filhos e agora estava muito velha para pegar uma barriga.

De tudo isso a gente falava na mesa, enquanto ia tomando a sopa de peixe, e minha mãe resmungando porque não queria que levassem para Bombardópolis a única fêmea que havia parido. Ninguém quer perder uma filha, dizia, pois mais tarde quem era que ia cuidar dela e do marido? Meu irmão Etienne, que era um garoto meio meloso, soltava a colher e prometia cuidar dos dois. Jean Pierre, meu irmão mais velho, quase se desmanchava de tanto rir, e chamava Etienne de maricas, até que minha mãe perdia as estribeiras e dava um bofetão em cada um de nós, o meu sem dizer nem uma palavra, mas sempre olhando com despeito para a sua comadre. Às vezes a discussão subia de tom, e então meu pai se levantava, dava um chute na cadeira e mordia os lábios, sinal de que a qualquer momento botaria um ponto final naquele banquete. Como ninguém queria que isso acontecesse, todos se calavam, exceto Fru-Fru, que entrava e saía da cozinha pipilando como um passarinho, perguntando a meu pai se queria um pouco mais de abóbora, e a minha mãe se já podia servir a sobremesa, que quase sempre era doce de mamão ou goiaba cozida na rapadura.

Em uma tarde da Semana Santa, quando a gente ainda estava na mesa, Fru-Fru foi ao chiqueiro levar sobras para os porcos, e sua filha Carmelite nos anunciou que em breve ela também ia ter um irmão. As outras mulheres fizeram aquela encenação, mas minha mãe só se lembrou mesmo de levar as mãos ao peito. Os irmãos de meu pai se levantaram para lhe perguntar se era verdade, depois começaram a rir, a dar abraços nele e a dizer parabéns. Meu pai também ria, mas de um jeito muito estranho, olhando cravado para Yoyotte Placide, sua cozinheira de Bombardópolis, que havia baixado a cabeça e parecia muito magoada.

Fru-Fru não pôs mais os pés em nossa casa. Minha mãe convidava a prima, mas Yoyotte Placide ameaçou arrancar os olhos dela se um dia Fru-Fru a encontrasse em seu caminho. E ninguém se atrevia a duvidar das ameaças de Yoyotte Placide, e muito menos a contrariar suas ordens: era ela quem trazia a comida, quem a cozinhava, sem Yoyotte Placide não havia festim, coisa que meu pai e minha mãe sabiam para lá de muito bem. Carmelite, a filha de Fru-Fru, continuou a vir. Minha mãe, que era bastante justiceira quando não estava com raiva, disse a todos nós que a garota não tinha culpa pelo que havia feito a maluca da mulher de quem havia saído, e por isso ela era convidada como sempre, e tratada tão bem, ou quase tão bem quanto antes: mas nunca lhe permitia falar daquele irmão que estava a caminho.

O último banquete de que me lembro foi o da despedida de minha irmã. Ela acabava de fazer onze anos e conforme os desejos da madrinha ia morar em Bombardópolis, onde devia aprender o ofício e servir os fregueses na venda de comida que mais tarde deveria ser dela. Minha mãe chorou a noite inteira, mas quando veio para a mesa parecia muito alegre, sobretudo ao ver Carmelite com o irmãozinho nos braços, para ser apresentado à gente. Meu pai disse a mim e a Jean Pierre, por sermos os mais velhos, que o recém-nascido era também nosso irmão, e que a partir daquele dia era morador de nossa casa.

Quando finalmente Yoyotte Placide partiu para Bombardópolis com sua afilhada, meu pai correu até Carmelite, arrancou o menino dos seus braços e deitou o novo filho na cama que minha irmã havia deixado sem dono. Carmelite não deu mostras de tristeza, ao contrário, disse a mim e a Jean Pierre que aquele garotinho chorava demais e que para ela era um alívio dar o menino de presente.

Logo a gente veio a saber que tudo aquilo tinha sido acertado antes do banquete. Minha mãe começou a cuidar da criaturinha como se fosse dela, mas isso não impedia que de vez em quando Fru-Fru viesse dar uma ajuda, lavar uns cueiros e preparar umas papinhas.

O menino chamou-se Julien, mas meu pai nunca tratou o filho por esse nome.

A luz do mundo

COMECEI A GRAVAR as conversas com Thierry quando percebi que entre uma história e outra ele intercalava dados importantes sobre a rã. Não fora no Mont des Enfants Perdus que ele tinha visto pela última vez o *Eleutherodactylus sanguineus*, mas no alto do monte Casetaches, uma elevação rochosa e escarpada, perto de Jérémie, sua terra natal.

Foi isso o que ele disse desde o primeiro momento. O professor haitiano que o havia recomendado, encarregou-se de levá-lo ao meu hotel em Port-au-Prince, e depois de tê-lo apresentado sem grandes cerimônias sussurrou em seu ouvido que o deixava em boas mãos. Levei-o direto para o bar, e ali, com o meu francês rudimentar, ofereci-lhe uma cerveja e tratei de explicar o que queria dele, embora, de fato, ele não me inspirasse grande confiança: Thierry me pareceu muito idoso, meio adoentado, e achei que mentia quando me declarou que ainda não havia passado dos cinqüenta e seis anos de idade. Era a cara negra mais enrugada que eu tinha visto até então; e estava quase inteiramente calvo, tinha somente uns poucos tufos de cabelos na nuca e atrás das orelhas, todos embranquecidos. Faltando-lhe vários dentes, expunha a ponta da língua sempre que falava, e como era uma língua imensamente pálida, concluí que no campo, à meia-noite, tendo de seguir o duro ritmo de uma expedição, tal homem não me valeria grande coisa.

Naquele dia Thierry vestia uma camisa púrpura, e me vali dela para indicar-lhe com exatidão a cor da rã que estava procurando. Desenhei-a em uma folha de papel, tal como Vaughan Patterson havia feito naquele restaurante de Nashville. Durante um longo momento Thierry permaneceu ensimesmado, observando o desenho, e isso me pareceu um truque para ganhar tempo. Por fim me pediu o lápis, apoiou o desenho nas pernas e traçou um círculo ao redor do olho do animal, em seguida escureceu a metade inferior do círculo, para que contrastasse com a parte superior, e finalmente inscreveu um ponto sobre o vértice do focinho. Me devolveu o desenho, dizendo que o arco superior do olho era prateado, e o inferior castanho-claro; o ponto do focinho era de um amarelo-acinzentado.

Assenti em silêncio, sem levantar os olhos do desenho; era eu, agora, quem tentava ganhar uns minutos. Quando olhei para Thierry percebi que sorria: a última vez que ele tinha visto a *grenouille du sang*, quase quarenta anos atrás, não fora no Mont des Enfants Perdus. Deteve-se, mostrou o rosto iluminado que sempre mostrava quando estava a ponto de contar uma das suas histórias — embora eu ainda não soubesse disso — e recordou cada um dos detalhes da missão que o levara ao lugar onde tinha visto a rã.

— Sabe o que eu estava procurando em Casetaches?

Disse-lhe não com a cabeça, enquanto contava o dinheiro do seu adiantamento; antes de começar o trabalho, Thierry tinha dito que necessitava daquela quantia.

— Estava atrás de uma dona, senhor.

Entreguei-lhe o dinheiro e escutei-o por mais de duas horas. Suas observações sobre a rã tinham o exclusivo propósito de enriquecer a história principal, a de uma pobre turista enfastiada, uma alemã enfurecida ou louca, que havia resolvido morar em uma caverna. Naquela ocasião já fazia meses que Thierry vinha trabalhando para outro pesquisador de rãs, "um homem como o senhor", me disse, um homem com quem havia se encontrado naquele mesmo hotel (no bar do Oloffson, recordou, havia então um piano verde; lá se hospedava um velho que ia beber com sua serpente no ombro; e tinha uma cantora, chamada June, que cantava meio nua em cima do piano verde), e que só havia aceitado contratá-lo — visse como nos parecíamos — depois de desenhar dois sapos em uma pequena ardósia e lhe perguntar se era capaz de reconhecê-los.

Jasper Wilbur, a quem Thierry chamava de "Papá Crapaud", ensinou-lhe a distinguir uma rã a partir da voz, da cor e do tamanho; das linhas dorsais ou das manchas no ventre. Mostrou como agarrá-las sem machucá-las em excesso, como proceder para medi-las e averiguar se havia membrana entre os dedos, se tinham língua ou se estavam ovadas. Enquanto ia contando os detalhes de seu aprendizado, lembrei-me de que Wilbur, também australiano, fora professor e amigo de Patterson, e me pareceu de bom augúrio o fato de que o círculo fosse fechar-se exatamente ali, depois de tanto tempo, comigo e com o mesmo guia envelhecido, talvez com as mesmas rãs.

Minha mãe costumava dizer que se devia encarar a vida como o principal suspeito de um crime: levantando seus antecedentes, procurando seu rastro, seguindo-lhe a pista com frieza, como se ele nada tivesse a ver conosco. Segundo ela, nada do que ocorria era fruto de casualidade, e era melhor aceitar que assim fosse, antes que o suspeito fugisse impune. Minha mãe era uma artista que se sabia medíocre, e odiava muitas coisas, mas acima de tudo odiava os batráquios, e por isso os pintava a óleo. No dia em que lhe comuniquei minha decisão de estudar zoologia, pouco antes de entrar para a universidade, manteve-se em silêncio e foi correndo para o seu estúdio. À noite me trouxe de presente um quadro com a figura do sapo-parteiro (*Alytes obstetricans*), era uma tela enorme, anos e anos guardada: começara a pintá-la ao saber que estava grávida e deu-lhe a última pincelada exatamente no dia do meu nascimento. Ela já suspeitava, então, de que minha vida, toda minha vida de adulto, estaria ligada àquelas criaturas.

O trabalho formal com Thierry começaria dois dias mais tarde, quando empreenderíamos uma primeira expedição ao Mont des Enfants Perdus; apesar de tudo, mas também porque queria seguir as ordens de Patterson, eu estava disposto a ir àquele monte. Faríamos antes uma parada em Ganthier, pequeno povoado no sopé da montanha, onde Thierry tinha alguns amigos, pessoas que habitualmente andavam com seus animais pelo monte, ou iam lá simplesmente para cortar lenha. Desde os tempos em que Papá Crapaud percorria o Haiti muitas coisas tinham mudado no país, e entre essas coisas, o bosque: segundo Thierry, as próprias árvores se recusavam a crescer, e por isso dava para ver, lá mesmo de baixo, como as encostas estavam peladas. Em Ganthier perguntaríamos às pessoas se acaso tinham visto a *grenouille du sang*. Era difícil que todos respondessem com uma negativa, diante de um estranho ninguém gostaria de reconhecer sua própria falta de sorte, porém Thierry me garantiu que sabia como fazer a pergunta sem levantar suspeita nem causar temor.

Despedimo-nos na porta do hotel. Estávamos em novembro e da rua vinha um vento indefinível, meio parecido com o do mar, porém associado a uma exalação de suor, o suor de ninguém particularmente, o dos transeuntes, o das mulheres que se acocoravam nas imediações tentando vender suas mercadorias, quase só legumes e chapéus, o suor dos camareiros, e além de todos esses o meu. No Haiti meu suor tinha se tornado rançoso, de uma consistência meio pastosa, que ao secar endurecia a camisa. Várias vezes por dia eu me surpreendia cheirando as axilas, e me sentia perturbado com aquele cheiro, meu próprio cheiro se tornara tão desconhecido como o cheiro de um sonho. Aspirar aquele miasma tão intenso, pessoal, certamente inesperado, gratificava algo impreciso dentro de mim, me espevitava os sentidos, me enriquecia.

Thierry sacou do bolso um lenço da mesma cor de sua camisa, a exata cor do *Eleutherodactylus sanguineus*, um lenço enxovalhado com o qual enxugou a calva úmida e as gotinhas ao redor dos lábios. Olhou-me de um modo que me pareceu compassivo, e me disse que eu lhe lembrava demais Papá Crapaud, um homem bom, não merecedor da grande desgraça que havia desabado em cima dele.

Eu sabia que Jasper Wilbur estava enterrado no Haiti, mas evitei cair na armadilha de perguntar qual fora a sua desgraça, como tinha morrido, em que abandonado cemitério estava sepultado. Thierry esperou inutilmente, e logo tomou seu caminho, seguindo rua abaixo pelo meio da multidão, cabeça erguida, inexplicavelmente ágil e até mesmo um tanto robusto; era a luz do mundo que lhe dava tal vitalidade.

Tinha de ser a luz.

Nos últimos treze anos quatro espécies de rãs, entre as quais a *Taudactylus diurnus* e a *Rheobatrachus silus*, desapareceram dos bosques de Queensland, na Austrália. A *Taudactylus diurnus* foi vista pela última vez em Connondale Ranges, no início de 1979. O último exemplar da *Rheobatrachus silus* foi encontrado moribundo por volta de 1981. A *Rheobatrachus silus* foi descrita pela primeira vez em maio de 1973. Nesse mesmo ano o herpetólogo Chris Corben descobriu que se tratava do único animal do mundo cujos embriões eram desenvolvidos no estômago. E nem por isso o seu estômago era diferente do estômago de outras espécies, a não ser quando continha os embriões, pois então suas paredes se tornavam mais delgadas, enquanto a produção de ácido clorídrico cessava.

Nessa época os cientistas pesquisavam a possibilidade de supressão dos ácidos como tratamento de doenças gástricas dos seres humanos.

Nunca se soube como os girinos obtinham seu oxigênio, nem como se desfaziam de suas matérias excrementícias.

E jamais se saberá.

Coração

NAQUELE TEMPO MINHA MÃE já era morta. Meu irmão Etienne havia se mudado para Coteaux e trabalhava na carpintaria do sogro. Minha irmã Yoyotte continuava a morar em Bombardópolis e a cozinhar no casebre de sua madrinha, a velhíssima Yoyotte Placide. A gente acabava de sentar à mesa. Jean Pierre, meu irmão gêmeo, descascava uma banana; Paul, o último da ninhada de minha mãe, cantarolava uma cantiga da Martinica; Julien, o filho de Fru-Fru, usava as colheres da mesa para brincar de "*macoute* perdido", o jogo favorito dele. Fru-Fru também estava presente, pois com a morte de minha mãe havia se mudado para nossa casa; naquele momento ela discutia com Carmelite pelo fato de o arroz ter ficado meio cru. Ouviu-se então a voz de meu pai; não era esperado numa hora daquelas, pois à noite ele trabalhava com a sua turma, mas o fato é que a gente viu quando chegou, e por isso calamos a boca. Mandou recolher a mesa e mandou que as mulheres passassem café, dizendo em seguida a Paul que esperasse por ele lá fora. Como não nos tratava pelo nome, que aliás quase nunca sequer pronunciava, só fez mesmo olhar para o lugar em que eu estava sentado com Jean Pierre, e disse a Jean para também sair. No caso de Julien, nem teve que falar: como se tomasse parte numa representação, ele correu para a porta, nos alvejou com seu fuzil de madeira e em seguida sumiu. Na sala restei eu, e meu pai se sentou do meu lado e disse "fique", era comigo que queria falar.

Naquele momento ninguém da casa sabia que com meu pai tinham vindo outros dois homens. Um deles era estrangeiro, alemão de nascimento; o outro, que sabia falar inglês, era haitiano e empregado de um hotel em Port-au-Prince; o alemão tinha contratado o haitiano para poder se entender com meu pai: tudo que o estrangeiro queria era que a gente ajudasse a procurar a mulher dele. Tinham visto a tal mulher no dia anterior em Jérémie. Quem tinha visto era um dos homens da patota de meu pai, os caçadores de que já lhe falei; eles trabalhavam até de madrugada, parece que estavam empenhados em pegar um bicho de caça; então ela apareceu, e eles seguiram a mulher durante um certo tempo — a mulher ia e vinha pelo povoado —, mas logo desistiram, notaram que ela estava fora de seu juízo. O senhor não pode imaginar o tanto de mulheres que se destrambelham quando botam o pé no Haiti, mulheres que deixam suas casas a fim de tomar um pouco de sol, e terminam escanchadas em burricos de patas desalinhadas que sobem para a Citadelle. Esse é o maior erro que elas podem cometer, depois de tal passeio, não se sabe por quê, descem com as roupas sujas e os olhos esbugalhados; e é assim que vão e vêm pelas estradas do país, só de ver dá uma grande tristeza na gente. Quando chegam na companhia dos maridos, eles arrastam suas mulheres até o navio ou avião em que vieram. Quando vêm sozinhas, e muitas vêm, são presas pela polícia e internadas no manicômio. Os enfermeiros avisam à família, e não tarda a aparecer o pai, um irmão, o filho, há sempre um homem para vir buscar uma destrambelhada, e a um homem eles devolvem a mulher.

Naquela noite meu pai me contou tudo que já sabia: a mulher havia passado por Jérémie, mas em vez de ficar na praia, ou de tomar o caminho de Bonbon, um povoadinho tranqüilo, pediu carona ao motorista de uma camioneta que ia para Dame Marie, ofereceu dinheiro e ele aceitou. Pela metade do caminho, justamente quando passavam por perto do monte Casetaches, ela gritou que ia descer, o homem advertiu, aquilo não era lugar para se deixar uma senhora sozinha, e ela nem lhe deu resposta. Desceu na marra e foi diretamente para a mata densa.

Senhor, eu conheço o Casetaches como a palma da mão. Quando morava em Jérémie costumava subir lá duas vezes por semana. Papá Crapaud ia comigo, eu ajudava o velho a pegar suas rãs, e de passagem ia semeando umas armadilhas para agarrar mangustos, abria a barriga de um deles e verificava se havia comido algum sapo; caso houvesse, Papá Crapaud tinha que saber.

Quando eu não subia com ele, subia com Carmelite, que havia crescido muito e já era uma bonita moça. Fru-Fru sabia que ela subia comigo, mas pelo jeito não se importava com isso; meu pai também sabia, e se importava ainda menos. Acho que no fundo ele me invejava, sonhava mesmo era em subir a um lugar qualquer com a enteada, mas como já estava ficando velho se refreava.

Naquela época havia sete cavernas no Casetaches (hoje só restam cinco), e eu conhecia todas elas por dentro, e por esse motivo meu pai decidiu que eu era quem tinha de procurar a tal mulher: o alemão ia me dar um adiantamento, já estava sabendo que eu gosto de receber um tanto antes de começar o trabalho. Só impus mesmo uma condição, a de que meu irmão Paul me acompanhasse. Melhor ainda se fosse com Jean Pierre, mas Jean Pierre mancava, e isso era atrapalhação na certa. Mal acabei de falar, meu pai fechou a cara e deu um murro na mesa: aquilo era trabalho para um homem só; ele já havia ordenado a meus irmãos que não se metessem na história, quem era eu para cobrar um ajudante?

Abri a boca para dizer que não era conveniente subir sozinho aquele monte, mas meu pai me olhou de olhos tão salientes, tão salientes que eu tive de baixar os meus:

— Se você não tem colhões, me diga logo, eu vou procurar outro.

Não respondi, apenas disse baixinho que estava pronto para partir.

Naquela noite o alemão dormiu em nossa casa, o único hotelzinho de Jérémie estava fechado, e Fru-Fru ordenou a Carmelite que preparasse uma cama para ele. O homem tinha mais ou menos a idade do nosso pai, as mãos manchadas de lunares, e a todo momento consultava o relógio. O haitiano que tinha vindo com ele também dormiu embaixo do nosso teto. Dormiu em cima da manta que Carmelite lhe deu, porque a gente não tinha outra cama disponível, e como o homem ficou com a manta nas mãos, sem saber o que fazer, Fru-Fru repreendeu a filha por ser tão descortês, e ela mesma estendeu a manta no chão. O homem se deitou e Fru-Fru levou para ele uma caneca de café; já o alemão não quis beber coisa nenhuma, se cobriu com a manta que lhe demos e ficou olhando para o teto até apagarem a luz.

Antes de sair novamente com seu grupo, meu pai encarregou Fru-Fru de preparar minha mochila, com água, comida, rum e um oleado para o caso de chover de noite.

Pedi a ela que também arranjasse uma corda para amarrar a mulher desgarrada. Por conta própria, Fru-Fru também botou lá dentro uns cigarros, e finalmente um frasco com álcool, para o caso de eu encontrar no Casetaches alguma rã daquelas ao gosto de Papá Crapaud, que poucos dias antes havia embarcado para a ilha de Guadalupe, a fim de caçar umas que só existiam por lá.

De manhã cedo fui acordado por Fru-Fru me puxando a camisa. Eu tinha dormido com a roupa do dia, e então me apressei em pegar a mochila, e saí devagarinho para não incomodar os demais. Quando passei pelo catre do alemão a lanterna clareou um pouco o seu rosto e deu para ver que ele continuava de olhos abertos, fixos no teto. A manta que Fru-Fru havia trazido para o outro homem continuava estendida no assoalho, mas o homem não estava mais ali, pensei que a dureza das tábuas o houvesse cansado e que tivesse procurado acomodação em outro local.

Fui caminhando até a praça. Meu pai me mandou subir no primeiro caminhão que saísse para Dame Marie e dele descesse no mesmo lugar onde havia descido a mulher. Como não se podia saber quanto tempo seria necessário para encontrá-la, acertamos que na noite seguinte, quer a achasse quer não, eu voltaria à estrada, e ali estariam à minha espera, dentro do automóvel, com o motor ligado, o alemão, meu pai e também aquele homem por intermédio de quem a gente se entendia.

O sol já estava bem alto quando saltei do caminhão. Entre a estrada e o Casetaches há um campo largo e desmatado, a gente tem a impressão de que nunca vai alcançar a encosta. Mas para chegar logo o melhor é não olhar para o alto, e sim para o chão que a gente vai pisando; assim, a gente chega rapidinho a uma linha de arbustos miúdos, chamados *oeuf de poule*, e a partir daí a gente já pode dizer que está na encosta.

Meu pai me ensinou que antes de entrar na mata é preciso pedir licença; conseguir a permissão dos *loas*, isto é, dos "mistérios" que mandam nessa terra. Esse era mais um dos seus costumes antigos. Pois bem, naquele dia eu também pedi licença para entrar, nem sempre me lembrava de pedir, fiz o pelo-sinal assim que a sombra dos primeiros arbustos me bateu na cara, fechei os olhos e murmurei: "Barón Samedi, Barón-la-Croix, Papá Lokó, peço licença para subir ao monte", abri os olhos um pouquinho e roguei a todos os *loas*, a todos igualmente, que por favor me abrissem o caminho.

Passei o resto da manhã e boa parte da tarde procurando pegadas. Meu pai, que tinha sido o melhor rastreador da sua turma, me havia ensinado a localizar o rastro dos homens, que é diferente e mais confuso do que o rastro dos animais. Como não era conveniente que a mulher visse minha cara antes que eu visse a dela, cobri meu chapéu com folhas, e botei outras dentro da mochila, para ir substituindo aquelas que caíssem. Podia acontecer também de encontrar a mulher já morta: fazia dois dias que ela estava no monte, e ali podia ser picada pelas aranhas *cul-rouge* ou pelos escorpiões roxos. Se estivesse meio desorientada, provavelmente não teria conseguido encontrar água, a gente precisa estar em perfeito juízo para encontrar água no Casetaches.

Chegou o fim da tarde, nem a mulher nem sua maldita sombra tinham aparecido. Me sentei numa pedra para descansar e me cobri com o oleado, porque estava começando um chuvisco, para completar abri a garrafa de rum que Fru-Fru tinha botado na mochila, e fiquei pensando nas cavernas que estavam mais perto de mim e qual delas era melhor para passar a noite. Foi nesse momento que ouvi o canto da *grenouille du sang*; o canto desse bicho não é nada normal, é uma espécie de glugluglu, de um borbulho que sobe do fundo das entranhas. Minha pele arrepiou-se. Eu era menino quando tinha escutado aquele canto pela última vez, e no dia seguinte fui derrubado por um febrão, vi a morte chegando: um porco acastanhado com três patas dianteiras, contei a meu pai, que para me acalmar trouxe aquele fruta que parecia um manjar. Nem eu nem ninguém de minha família jamais gostou de ouvir o canto daquela rã. Juro que comecei a tremer, coisa que à noite não era das melhores, e por isso decidi procurar o bicho e fechar a boca dele com a sola do meu sapato. Papá Crapaud havia me ensinado a não cair na confusão, lembrando que às vezes, quando se ouve o canto de um lado, isso quer dizer que a rãzinha está andando pelo outro. Elas agem assim para despistar os lagartos, despistar os ratos, ou, quem sabe, para despistar os homens.

Saí de baixo do oleado e a chuvinha começou a me escorrer pela cara, afastei umas folhas com a lanterna e iluminei o chão e os buracos que havia nos troncos. A rã calou-se ao sentir que era procurada, desviei a luz para que voltasse a cantar, e então, na obscuridade, vi aqueles olhos, ou melhor, aquelas duas metades de luas prateadas que se mexiam diante de mim. Se quisesse, podia esmagá-la, mas também podia metê-la no frasco e guardá-la para Papá Crapaud, que daria quanto fosse exigido para botar os olhos em cima dela, mas pensei, será que o azar que anda junto com a *grenouille du sang* não é porque todos querem matar a rãzinha? Deixando a rã viver, talvez ela fosse procurar os *loas*, os senhores naturais da *grenouille*, e baixasse a raiva deles dizendo, ele está me tratando bem.

Me aproximei um pouco e dirigi a luz para ela, assim ela ficava cega por um momento: metade do corpo estava oculto embaixo de uma pedra, mas deu para ver que era tão vermelha como uma fruta, ou como o coração de um animal. A chuva começou a cair mais pesada, e então ela se mexeu um pouquinho, abandonou o esconderijo e se expôs todinha ao aguaceiro; com o brilho da água, parecia banhada em sangue, dava gosto mas também dava medo ver aquele bicho.

No momento em que eu ia me aproximar um pouco mais, ela deu um salto e sumiu, e aí apaguei a lanterna e senti vontade de chorar. Sendo ainda muito jovem, me lembrei de minha mãe morta e pedi à sua alma que me ajudasse. Ainda nem tinha terminado de fazer o pedido quando ouvi um ruído de passos; alguém caminhava circulando ao redor de mim.

Me joguei rapidamente no chão — meu pai sempre dizia que o melhor a fazer, quando a gente está cercada, é avançar se grudando no chão —, mas nem tive tempo de avançar, porque naquela treva minha mão tocou em alguma coisa, era uma coisa mole, pegajosa, e imaginei que fosse a rãzinha, a rã outra vez, e pensei na rã para não pensar na verdade: o que minha mão estava tocando era a parte de cima de um pé, era a pata viva de um cristão. Cravei as unhas naquele pé e acendi a lanterna: a mulher estava nua, o corpo inteiro banhado de chuva e de sangue, e o sangue esse eu não sabia de onde vinha. Tentei me levantar e recebi uma paulada no ombro, ergui a cabeça e ela me deu uma nova paulada, estava batendo em mim com um galho de *arbre au diable*, e os espinhos negros daquela árvore, que são meio venenosos, me feriram no rosto, um deles encravou-se perto do olho, por um momento vi tudo negro e cheguei a pensar que aquilo tinha vazado o meu olho.

O senhor deve ter notado que os loucos, por mais alheados e fracos que possam parecer, sempre têm mais força do que os de juízo bom. Pois a mulher tinha justamente essa força, e me acertou muitas vezes antes que eu pudesse arrebatar das mãos dela aquele pedaço de pau. Aí foi a minha vez: dei um soco nela, só um, mas bem forte, um soco nas costas, ela caiu de bruços e aí começou a me dar pontapés, mas logo consegui levar um dos pés dela até o pescoço, depois usei um joelho para sujigar e poder amarrar as mãos dela. Notei que estava tremendo, não sei se de frio ou de raiva, então obriguei a mulher a se levantar, e depois caminhar, e avisei que se parasse de andar eu seria obrigado a arrastar seu monte de carne até lá dentro da caverna. A loucura dela não devia ser das maiores, pois me obedeceu, e por um bocado de tempo a gente caminhou no mesmo passo, até alcançar a Caverna do Rato, nome que, ainda menino, eu tinha dado àquele buraco.

Mas em vez de me sentir satisfeito pelo fato de ir no dia seguinte receber o resto do meu dinheiro, eu estava era um bocado inquieto, perguntava a mim mesmo por que era que um homem tinha de se cansar tanto para descobrir o paradeiro de uma dona tão amalucada, e que nem sequer parecia mulher de verdade. Durante algum tempo estive olhando para ela, por simples curiosidade: jamais gostei de brancas, mas aquela era muito fraca, tinha uns peitinhos de nada, ver aquela mulher nua me dava a impressão de estar vendo meu irmãozinho Paul, meu próprio irmão pintado de branco e de louro, mesmo não sendo possível dizer que havia muito cabelo em cima dela. E mulher deve ter matagais de pêlo entre as pernas, embaixo dos braços e em cima da cabeça. Isso, aliás, era o que sempre dizia meu pai: "Fêmea que não tiver esses três matagais não é fêmea de confiança."

Tentei imaginar a cara de meu pai quando descobrisse que a mulher do Casetaches tinha um cabelo tão curto que dava para se ver o couro da cabeça, uns tufos de barba de milho dentro dos sovacos e outro no meio das coxas raspadas, e ali estava ela se penteando, que outra mulher seria capaz de tal coisa em tal lugar? Obriguei a mulher a beber um trago de rum para que não morresse nas minhas mãos antes de ser entregue ao marido, expliquei que o marido andava à procura dela, que ia pagar muito dinheiro para ver a esposa de volta, e que devia ficar contente com isso, porque não eram todos os maridos que mandavam procurar suas mulheres quando estas se destrambelhavam. Ela não entendia as palavras que saíam de minha boca, mas tenho certeza de que aos poucos ia compreendendo as palavras que saíam do meu pensamento.

De madrugada começou a tossir, botei o oleado nos ombros dela, e ela adormeceu. Foi então que pela primeira vez ouvi a voz daquela mulher. Falava baixinho, como se falasse com os mortos, e embora eu também não compreendesse as palavras que vinham de sua boca, pude entender uma a uma as que vinham do seu coração. Confesso que naquele momento senti pena dela, e fechei os olhos para provocar o sono, tudo que eu queria era que amanhecesse e de novo escurecesse, para que a gente pudesse descer e eu tivesse como devolver aquela mulher ao marido.

Era quase meio-dia quando acordei. A mulher tinha os olhos bem abertos e havia dado um jeito de livrar-se do oleado. Fazia calor dentro da pequena caverna. Pus um pedaço de peixe em sua boca e ela cuspiu a comida de volta, então tive de obrigar a mulher a beber um cantil de água açucarada. Disse a ela que não podia morrer, não até que a gente descesse o monte. Ela continuou calada, nem sequer se queixou quando derramei um pouco de rum em uma ferida aberta na sua cabeça, certamente havia se chocado com um galho qualquer, eu disse que fazia aquilo para o seu bem: ainda faltava muito para escurecer e a gente poder voltar ao povoado, e as aranhas *cul-rouge* apreciavam muito o gosto de sangue. Aquele lugar estava repleto de *cul-rouges*, e para que ela não duvidasse, apanhei uma das grandes e botei diante dela. A mulher não fez caretas, não gritou nem pareceu amedrontada. Ao contrário, aproximou a cara e tocou a ponta do nariz na barriga da aranha, as patas do bicho roçaram sua boca, ela achou graça naquilo e se pôs a rir. Então soltei a aranha, que voltou para o seu lugar.

Saí da caverna e comi a carne-seca com que Fru-Fru tinha abastecido a mochila, em seguida dei uma caminhada, não gostava de estar perto daquela mulher, não queria ver novamente aquela dona até chegar a hora de descer. Naquela época havia mais árvores no monte do que hoje: lá mais embaixo crescia o *oeuf de poule*, e lá em cima o *bois inmortel*, o *brucal*, o *mancenillier*, e todos serviam para a mesma coisa: fornecer veneno.

A gente usava o veneno para pescar, botava o veneno na água, acima de onde estavam os peixes, os peixes tinham de ficar tontos para a gente pescar. O suco do *mancenillier* fazia mal à pele das pessoas, e os *pwazon rat* da patota de meu pai subiam de vez em quando para extrair esse suco, e também para recolher as folhinhas do *bois cacá* e as cascas do *bois marbre*. As folhinhas eram dadas de comer aos cavalos, para trocarem de crinas e rabos; comendo uma só daquelas folhinhas qualquer mulher perdia o cabelo todo, perdia os três matagais de que papai tanto gostava. As cascas do *bois marbre* eram queimadas nas entradas dos buracos onde se escondiam os bichos que a gente andava perseguindo, então os bichos saíam para respirar, ficavam meio cegos, porque a fumaça do *bois marbre* nubla os olhos, e aí eram agarrados.

Caminhei pelo monte até escurecer. Me entretive pegando lagartixas para dar a Papá Crapaud. Não eram lagartixas comuns, e sim lagartixas brancas, cegas, que quase nunca se deixavam ver; descobri um buraco lotadinho delas, e fui puxando uma a uma pelo rabo, de olho na risca em suas costas, uma risca verde que nem sempre terminava no mesmo ponto. Papá Crapaud dizia que era importante examinar em quantas lagartixas a risca verde ia terminar na barriga, em quantas terminava no ponto onde nasciam as pernas traseiras. Tudo isso tinha de ser anotado antes de a gente mergulhar os bichos no álcool, pois no álcool elas ficavam meio cozidas, e aquelas lagartixas, que já tinham a pele tão branca, se tornavam quase transparentes. Naquele dia eu não levava lápis nem papel, mas na ardósia da minha mente — muito menor do que a ardósia que Papá Crapaud sempre levava no bolso — anotei que em cinco lagartixas a risca chegava até a cintura, e que apenas em duas a risca ia se acabar entre os dedos.

Voltei à caverna e vi que ela havia adormecido. Acordei a mulher, amarrei o oleado na cintura dela e pusemos o pé no caminho. O cheiro dela era horrível, parecia com o cheiro da *tulipe du mort*, não sei se você já viu essa flor: tem um botão negro, bojudo, que quando é furado solta um esguincho horroroso. Pois era assim que ela fedia.

Quem sabe, enquanto andou vagando pelo monte talvez não tenha encontrado nenhuma outra coisa para beber, e agora suava aquela gosma pestilenta: é preciso estar com a sede de um condenado para tragar a bile dessa flor.

Tropeçou várias vezes pelo caminho, ou melhor, fingiu que tropeçava. Eu ajudava a mulher a se levantar e mordia a língua para não perder as estribeiras, tratava de pensar no dinheiro que estava ganhando, calculava quanto iria gastar nisso e naquilo, e descontava mentalmente a parte que daria a meu pai.

Em um dos tropeções da mulher tornei a ouvir o glugluglu da *grenouille du sang*, e eu não tinha como saber se era a mesma rã que estava nos seguindo. A gente estava perto da estrada, e me senti inquieto por não ver nenhuma luz. Havia acertado com meu pai que iam acender os faróis do carro para eu saber onde estavam, e então comecei a me perguntar o que podia acontecer se ninguém fosse apanhar nós dois naquela noite, o que podia eu fazer com aquela branca nua e coberta de sangue. Ela me deu um puxão e me disse umas palavras, parou, se pôs a falar sem levar em conta que eu não entendia o que ela estava dizendo, depois deu um grito e se jogou no chão, sabia que era levada de volta para o marido, e voltar ela não queria. Tentei obrigar a mulher a se levantar, e ela me mordeu a mão, com aquela mesma mão dei uns tapas na cara dela, a cabeça ia para um lado e para o outro, e eu continuava a bater. Eu sentia muito medo de que tivessem abandonado a gente.

Depois decidi que o melhor era esperar ali onde a gente estava, assim me recostei em uns arbustos, apaguei a lanterna, e, no escuro, durante algum tempo não escutei coisa nenhuma a não ser a respiração da mulher, eu queria acreditar que ela respirava como se estivesse botando a alma pela boca. Passado um tempo acenderam os faróis, em seguida apagaram, tornaram a acender: era esse o sinal, e assim eu pude saber que meu pai estava lá embaixo, nunca senti tanta alegria por ele estar tão perto de mim. Peguei a mulher pelo braço, e ela se levantou sem lutar comigo, parecia ter mudado de opinião, estava resignada, ou esquecida de que antes não queria se resignar: a partir daí se pôs a caminhar tão depressa que o oleado escorregava pelo corpo abaixo e eu não podia cobrir novamente o corpo nu. O marido esperava na margem da estrada, me aproximei e devolvi sua esposa. Meu pai e o haitiano que falava para que a gente se entendesse não tinham saído do carro, e me disseram para eu também entrar, ouvi o marido falando baixinho, e depois subindo de tom, a noite estava escura e dirigi para eles a luz da minha lanterna: a mulher ainda estava de mãos amarradas, mas logo cuspiu no marido, queria cuspir na cara dele, mas o homem se desviou e a cuspida acertou no seu peito, meu pai soltou um palavrão e eu apaguei a lanterna. Entrei no carro sem dizer palavra, ninguém me saudou, e em seguida voltei a ouvir gritos, gritavam os dois, mas a gente também ouvia o som dos tapas, disse a meu pai que aconselhasse aquele marido a não bater com tanta força na mulher, aquilo podia terminar com a morte da dona. Mas meu pai soltou um novo palavrão e isto queria dizer que eu não podia mais falar.

O marido abriu a porta do lado em que eu estava, me afastei rápido no assento, e ele empurrou a mulher para dentro do carro como se empurrasse um fardo; ela se queixava baixinho, e quando o carro tomou a estrada começou a vomitar, senti um cheiro de sangue e meus sapatos ficaram cheios de um líquido quente. Mais tarde ela tornou a se queixar, e de vez em quando lhe saía da garganta aquele borbulho podre, misturado com aquele som que parecia o canto da rã.

Quando chegamos a Jérémie o alemão disse alguma coisa ao haitiano com quem viajava, e o haitiano nos perguntou onde queríamos descer. Meu pai pediu que levasse nós dois ao porto, e eu perguntei pelo resto do dinheiro, mas nem ele ninguém me respondeu nem eu tornei a abrir a boca.

Como vinha das ruas alguma luz, pude ver o rosto da mulher, estava desmaiada ou morta, saía sangue de seu nariz, e também havia sangue seco em uma de suas orelhas. O carro parou diante do mar, e só aquele haitiano de Port-au-Prince se despediu de nós dois; o alemão olhou para o seu relógio, e de novo para a mulher, o fardo de carne inchada. Meu pai e eu descemos, e em seguida as rodas guincharam, e nós dois vimos que eles estavam tomando o caminho de Roseaux.

Fomos caminhando devagar até nossa casa, meu pai começou a fumar, e a certa altura me entregou um punhado de *gourdes* que havia tirado do bolso. No meio das *gourdes* havia também algumas moedas de dólar, não contei o dinheiro diante dele, não tinha coragem para uma coisa dessas. Fru-Fru estava botando a mesa, Carmelite ajudava a mãe com os pratos, e Julien, o filho mais novo de meu pai, estava de novo brincando de "*macoute* perdido". Não vi o Paul, mas ouvi a voz dele cantando no banheiro a cantiga de sempre:

Toc-toc qui est-ce qui
frappe a man porte?
C'est moi doudou,
c'est moi l'amour.

[Toc-toc quem é que
bate na minha porta?
Sou eu, doçura,
sou eu o amor.]

Tirei da mochila os frascos com as lagartixas que eu tinha caçado pensando em Papá Crapaud, botei aquelas coisinhas em fila diante de minha cama, e Carmelite veio olhar para elas. Julien largou sua brincadeira e também veio, dando pulinhos, e chegou perto para ver melhor. Aí entrou Fru-Fru, e depois de Fru-Fru entrou meu pai, e os dois começaram a rir, meu pai soltava uma gargalhada atrás da outra, como se alguém estivesse contando uma piada muito, muito engraçada.

Mas todos afinal se aquietaram e Fru-Fru foi servir a sopa, então senti o cheiro e olhei para os meus sapatos, até aquele momento não havia me lembrado de que estavam sujos e cheios de manchas. E aquilo foi o sinal para que minhas tripas se enrolassem, e um nó me subiu à boca, como se fosse um rolo de lombrigas, e só tive tempo de correr para fora de casa e despejar tudo aquilo na terra, com tanta pena como se jogasse fora o próprio coração.

Aves que não conheces

— NÃO SÃO DE ANIMAL NENHUM, esses ossos são de um cristão. Thierry continuava a escavar o montículo, e após algum tempo encontrou aquilo que procurava: um crânio meio marrom. Do local onde me achava pude vê-lo soprar o pó de seu tesouro, erguê-lo com uma das mãos, examinar as órbitas vazias e a abertura da boca.
— Quebraram os molares — informou. — E também o osso de morder da parte de baixo.
Trouxe o crânio e o depositou diante de mim, mas ao invés de começar imediatamente a examiná-lo, continuei meu trabalho de identificar os frascos. Havia três dias e três noites que estávamos acampados no Mont des Enfants Perdus, e não tínhamos conseguido capturar mais do que uns poucos exemplares do *Bufo gurgulio*, um sapinho de ventre azul, cujo canto gravei na mesma noite em que Thierry me falou de suas nostalgias, a noite em que voltei a pensar em Martha e nos presságios da minha morte no fogo.

— Aqui tem osso para uns sete defuntos. Devem ser sete, no mínimo.

Disse-o lentamente, como se saboreasse o próprio cálculo, mas no fundo estava aterrorizado, dava para ver pelas suas mãos, pelo tremor daqueles dedos que só a custo conseguiam manter-se quietos. No início, quando encontramos os primeiros despojos, eu lhe disse que certamente seriam ossos de algum animal, outra coisa não cabia na minha cabeça. Tentei convencê-lo, quis afastá-lo daquele lugar, mas em resposta ele me apontou para um monte de costelas descarnadas. Seu triunfo se completou no momento em que desenterrou o crânio.

— Vamos ter de dar parte à polícia — admiti, sem me mostrar muito alarmado. — Você desce e avisa em Ganthier.

Ele não respondeu; voltou ao montículo e recomeçou sua busca. Apanhei o crânio e examinei o que existia dentro dele; fedia a carne podre e ainda havia uns restos de tecidos presos às gengivas. Enquanto examinava o osso partido, descobri que havia mais uma fratura, desta vez atrás da orelha esquerda, finalmente pus o crânio ao lado dos frascos que continham os sapos preservados, e me aproximei de Thierry, que continuava a afastar a terra em silêncio, e permaneci ao seu lado até que ele conseguiu pescar o segundo crânio.

— São pelo menos sete — ele insistiu. — Juro por Deus.

Agarrei-o pelo braço e obriguei-o a soltar sua presa.

— Não vai desenterrar mais nenhum. Você vai descer ao povoado e avisar.

— O aviso é outro — ele resmungou, com a voz alterada para o grave e o profundo —, o aviso é o de que nós dois temos de descer.

Fiz-me de surdo, e saquei do bolso o mapa que havíamos desenhado na véspera.

— Ainda tenho de passar a pente fino aquela área atrás do bosque.

— Descer! A gente tem é que descer! — ele insistiu, os olhos no chão. — O senhor ainda não entendeu que a gente está atrapalhando alguém?

Voltei para onde estavam os frascos e os guardei na mochila. O crânio estava no meio das ervas, entregue às suas cavilações solitárias, envolvi-o em uma toalha e o acomodei ao pé de uma árvore.

— Se a gente ficar aqui esta noite — Thierry sussurrou —, também vai acabar no meio daqueles ossos.

Apontou para o montículo de terra que começava a ser coberto por um enxame de moscas. Parecia sincero, e contudo me senti no dever de desconfiar; de negar aquele perigo absurdo que ameaçava interromper meu trabalho; de esquecer tudo, menos aquilo que havia me levado ao monte; nada de grave poderia acontecer a um homem que anda pesquisando e tudo que deseja é uma simples rã.

— Vamos para o acampamento — disse a Thierry. — Lá veremos.

— O monte está ocupado — ele retrucou, olhando para as árvores. — Me disseram isso em Ganthier.

Enquanto eu terminava de arrumar a mochila, notei que ele havia começado a rezar, sussurrando suas orações com os punhos cerrados e o rosto colado no chão. Pensei que se tratasse de uma perturbação passageira, que tão logo terminasse de rezar os seus padre-nossos me seguiria na caminhada até o local em que havíamos montado o acampamento, acenderíamos um bom fogo, aqueceríamos latas de conserva e cearíamos debaixo de chuva, como nas últimas três noites, escutando o noticiário no rádio.

Decidi-me pela paciência, anos atrás, quando estudava os hábitos de reprodução do *Pipa pipa*, eu já havia constatado que um pesquisador deve sempre contar com coisas desse gênero. No Suriname tive um guia muito mais velho do que Thierry, um homem grave e melancólico, que pedia perdão ao sapo antes de capturá-lo. Esteve comigo até o final, mas por duas vezes tive de acompanhá-lo em um ritual de desagravo aos demônios.

Thierry ergueu a cabeça e vi que o pânico havia se concentrado nela, como um pedaço de chumbo encravado entre as sobrancelhas.

— Precisamos descer enquanto é possível — a testa dele suava —, de noite não se pode descer.

Disse não com a cabeça e me virei de costas, procurando alguma frase, pelo menos uma palavra que dissipasse o medo, mas Thierry se adiantou.

— Falo de coração aberto, senhor. Este monte está sendo usado para uma coisa que eu sei, ninguém pode subir aqui, nem mesmo a fim de caçar rãs. O senhor, com certeza, quer voltar inteiro para casa, quer ver seus filhos, ou será que não tem filhos?

Pensei que mesmo forçando a marcha não conseguiríamos alcançar o acampamento em menos de duas horas. Olhei o relógio, faltava um quarto para as cinco, bem, chegaríamos no início da noite. Lá seria mais fácil mudar a cabeça dele.

— Pois eu tive — revelou Thierry —, mas todos morreram. O primeiro morreu logo depois de nascido, os outros depois de grandes.

Lembrei-me de Martha me dizendo, na véspera da partida, que o Haiti não era um lugar seguro. Jantávamos em casa, e eu evitei o seu olhar: compreendi que não era minha segurança o que lhe interessava, queria me assustar, de um modo que não era o seu, com pouco jeito e um bocado de raiva, movida por uma espécie de rancor desnorteado que a levava de um lado para o outro da mesa. Não consegui sequer esperar pelo fim da sopa, enchi a colher, mas em vez de levá-la à boca, derramei o conteúdo na toalha, ao lado do prato, e atirei o guardanapo na mesa. Martha cerrou os olhos e não me dirigiu mais a palavra, nem mesmo para dizer adeus.

— Quando perdi meu primeiro filho — Thierry suspirou —, andei pensando um bocado em meu pai. A profissão dele sempre foi uma dureza.

O pai de Thierry era um homem cauteloso, que chegava ao ponto de não pronunciar o nome dos filhos. Já entre meu pai e Martha as relações nunca foram boas, a antipatia de um pelo outro era doentia, e tinha nascido praticamente do nada, uma guerra sem começo, porém o tempo todo presente; um ódio elétrico e secreto. Podia ser notado até mesmo na forma como se cumprimentavam, nos esforços que cada um fazia para não ter que referir-se ao outro.

— Agora vou lhe contar o que é um *pwazon rat*. Meu pai era um deles.

Como íamos caminhando muito depressa, as palavras de Thierry saíam aos arrancos, muitas eu não conseguia entender, apagavam-se como fagulhas assim que brotavam de seus lábios. Às vezes ele fazia uma parada para recobrar o fôlego e beber um pouco da água de seu cantil de couro, depois da água bebia um trago daquela aguardente que no Haiti chamam *clairin*; às vezes parava para me observar, contava um detalhe sujo ou repugnante, ou então me fitava o rosto a fim de ver de que modo eu reagia.

— Meu pai era brigão. Eu sabia que numa daquelas suas brigas ele ia acabar morto, e por isso muitas vezes eu saía com ele, e ao lado dele estive nas últimas caçadas que fez. Quando terminou seu relato, Thierry perguntou se meu pai também se dedicava à caça de rãs. Respondi-lhe que não, que durante toda a sua vida foi vendedor de automóveis, era o melhor de todos, e chegou a ter o seu próprio negócio. Mas agora, velho e aposentado, tinha uma profissão estranha, e de certo modo também perigosa.

— Cria aves — acrescentei.

— Galinhas?

— Não, Thierry, trata-se de umas aves que não conheces. Podem matar um homem com uma de suas patadas.

A história o intrigou, mas naquele instante avistamos o acampamento, e ele ergueu os braços:

— Estiveram aqui, estou sentindo o cheiro deles.

A tenda havia desaparecido, e dos sacos de dormir tinham restado apenas algumas tiras ao pé de uma árvore. Alguns frascos estavam quebrados, espalhados pelo chão, e por toda parte havia revistas e cadernos de notas chamuscados, latas vazias, roupas pelo avesso. O último número de *Froglog*, um boletim mensal de informações sobre o declínio dos anfíbios, estava em cima de uma pedra, coberto de excrementos.

— Temos de descer — Thierry disse mais uma vez. — Estamos criando problemas neste monte.

Perguntei-lhe para quem criávamos problemas, e então ele pôs um dedo nos lábios, me mandando calar. Tirou uma bolsa de náilon de sua mochila e se entregou ao trabalho de recolher os frascos ainda inteiros. Quebrei um galho e tratei de resgatar parte do boletim: no *Froglog* de agosto havia saído um dos meus artigos, com uma foto da *Rana pipiens*, desaparecida no Canadá. Não era possível ver nem a foto nem o título de meu artigo, ocultados pela camada de cocô. Desisti de recuperar qualquer outra coisa.

— Se a gente sair agora — insistiu Thierry —, eles desistem de nos matar. Podiam ter feito isso há pouco.

De tão aturdido que me achava, acolhi as palavras de Thierry como se fossem razoáveis. À luz natural do espanto e do instinto de sobrevivência, até certo ponto me parecia natural que houvessem destruído nosso acampamento e que nos intimidassem para que abandonássemos o monte; natural que nos houvessem concedido a vida, que estivessem nos dando um prazo, uma última oportunidade, um pouco de vantagem.

— Temos de caminhar no escuro — acrescentou —, mas não importa, já fiz isso muitas vezes.

Não me restavam argumentos, eu já não tinha sequer um cantinho para me sentar e escrever. Acendi minha lanterna e passei no rosto um repelente para mosquitos; ofereci-o também a Thierry, mas ele se recusou a untar-se: os bichos já o conheciam de sobra, nos anos anteriores o haviam picado o bastante, agora davam folga à sua pele. Disse isso rindo, era a primeira vez que, depois de muito tempo, eu o via rir. Aquilo me deu confiança e ânimo para lhe perguntar novamente quem nos estava expulsando e quem se sentia incomodado com a nossa presença.

— Os *attachés* de Cito Francisque — sussurrou em meu ouvido —, eles usam este monte para guardar seus contrabandos e também para dar sumiço nos indesejáveis. Não querem nenhum estranho na área, ninguém que ande caçando rãs ou qualquer outro bicho.

A noite havia caído quando começamos a descer, Thierry seguia na dianteira, afastando galhos e orientando-se pela disposição das árvores, estava muito nublado e não podíamos ver o céu. Sem que eu tivesse aberto a boca, em duas ou três ocasiões deu meia-volta para mandar que me calasse, mais adiante tropecei e caí de joelhos, soltei uma praga, e ele se aproximou a fim de propor um pequeno descanso. Ali bebemos os últimos goles dos nossos cantis, ele aproveitou para apagar sua lanterna, e na escuridão me falou:

— Estão vindo atrás de nós.

No ar carregado, muito carregado, pude distinguir a distância o canto de outros exemplares do *Bufo gurgulio*; estavam na temporada de acasalamento e os machos pareciam impacientes pela consumação de seu abraço, o interminável *amplexus* que os devolveria ao silêncio. Pelo que me parecia, já não encontravam fêmeas em número suficiente. É dessa maneira que algumas espécies começam a se extinguir, primeiro elas desaparecem, dissipando-se com seus ventres repletos. Aonde vão, o que temem, por que diabos fogem? Thierry acendeu a lanterna e eu tive de testemunhar novamente o horror estampado em suas feições, que pareciam uma máscara estragada, um crânio corroído apenas pela metade, um daqueles crânios recém-resgatados do ossuário vivo da noite.

— Quando a gente chegar em Ganthier, se é que vamos chegar, o senhor me conta a história dos pássaros de seu pai.

Senti uma onda de rancor, sua atitude me mortificava, o tom paternal com que ele se permitia mudar de assunto. Decidi que o dispensaria tão logo chegássemos a um lugar seguro, estendi a mão e agarrei-lhe a camisa.

— O que é que eles querem, dinheiro?

— Não o seu — Thierry apressou-se em responder. — O senhor não tem o bastante.

Afastou-se com um gesto brusco, e foi nesse momento que me senti possuído pelo terror. Começava a chuviscar, ele desapareceu atrás de uns arbustos, esforcei-me para não gritar e avancei projetando para diante a luz da minha lanterna. Então ouvi sussurros, o som quase inaudível de vozes, a chuva começou a cair mais pesada e eu a resignar-me à idéia da morte. Morte úmida e distante, no alto de um monte de rãs esquivas e meninos perdidos. A desgraçada morte daquele que não sabe quem o persegue nem por que o atacam, talvez aquele fosse o único fogo com que iria eu me deparar, o despropositado incêndio no qual o astrólogo tibetano tinha me visto arder.

Tive a sensação de que caminhava como se estivesse bêbado e de que não tardaria a desmoronar. De novo sussurros, pisadas firmes ao redor de mim, uma mão se apoiando em minhas costas: era Thierry.

— Querem ter certeza de que estamos indo embora — ele disse.

Era custoso caminhar, mas muito mais ainda pensar alguma coisa, costurar fatos e tirar uma conclusão. Estava à mercê da cúmplice natureza daquela parte abrupta da encosta, à mercê dos meus perseguidores, entre os quais, de certa forma, incluía-se o próprio Thierry.

Uma hora mais tarde vimos finalmente as poucas luzes de Ganthier. Creio que ambos nos sentimos igualmente aliviados, ele se pôs a murmurar algo que talvez fosse uma nova oração.

— Então o senhor não ouviu nada? — foi o que ele primeiro me perguntou ao terminar a sua ladainha.

— Ouvi as vozes — respondi. — Havia mais alguma coisa para ser ouvida?

Em Ganthier nos refugiamos na casa do mesmo homem aos cuidados de quem havíamos deixado o automóvel, um Renault vermelho-tomate que eu havia alugado em Port-au-Prince. Tomamos sopa de fubá e Thierry comprou duas garrafas de aguardente. À meia-noite nos deitamos no chão de terra batida, dormimos duas ou três horas sem interrupção, e já próximo do amanhecer o dono da casa nos chamou: era melhor que saíssemos do povoado assim que o sol se levantasse.

Voltamos em silêncio, e pouco antes de entrar em Port-au-Prince, Thierry fez um sinal para que eu parasse diante de um imenso monte de lixo, atrás do qual, segundo me garantiu, estava o bairro onde morava com seu irmão Jean Pierre. Queria que eu o acompanhasse até lá, mas me recusei, ele desceu do carro, aproximou-se da janela e perguntou:

— A que horas a gente se vê amanhã?

Eu ia dizer-lhe que não necessitava mais dele, mas penso que só de olhar para o meu rosto ele adivinhou a resposta, sacudiu a cabeça e entrou de novo no carro, olhou para a frente, na direção de uns meninos que brincavam com uma espécie de esquilo já meio morto.

— Ontem à noite ouvi a *grenouille du sang*.

Preferi pensar que estava mentindo, tentei mostrar-lhe que sabia de sua mentira. Olhei-o com um sorriso e perguntei-lhe em que momento tinha ouvido a rã.

— Na hora em que me meti atrás daqueles arbustos, lembra? Ouvi duas vezes, e pensava que o senhor também tivesse escutado.

— Devia ter me dito na hora — eu falava em tom neutro, como se realmente aquilo não me interessasse. — Depois conversaremos...

— Juro que ouvi, juro pela alma dos meus filhos.

Dei uma palmada no volante e ele compreendeu que aquilo era uma ordem para ir embora, Thierry saiu disparado, ao que me pareceu resmungando um pedido de desculpa. Um dos garotos jogou para o alto o esquilo, que caiu poucos metros à frente do carro, e então resolvi acabar com a agonia do animal; pisei no acelerador e pude perceber quando a roda lhe esmagou o corpo.

Não olhei para trás, mas ouvi os gritos. Eram ameaças que os garotos me gritavam.

Durante o inverno de 1990 registrou-se a morte inexplicável de milhões de rãs em diversas lagoas do norte da Suíça.

Segundo informes recolhidos pela KARCH (Coordenadoria para a Proteção dos Anfíbios e Répteis), a *Rana temporaria* foi a espécie mais afetada.

Dado o fato de nada semelhante jamais ter ocorrido, pelo menos naquela região e em período hibernal, as autoridades suíças ordenaram uma investigação do caso. Entre os resultados obtidos, foram mencionados a baixa oxigenação da água e vários outros fatores contaminantes. Ficou claro, no entanto, que, isolados, esses fatores não podiam justificar o alto número de animais mortos.

Para muitos biólogos o súbito declínio da *Rana temporaria* continua um mistério não desvendado.

Anexo 4

A caçada

SALVO QUANDO SE METIAM pelo mar adentro, para grande alegria dos tubarões e peixes comedores de carniça, as matilhas de defuntos errantes tinham o costume de procurar abrigo nas encostas do Chilotte. Nessas ocasiões, os donos dos rebanhos, temendo a vingança dos defuntos, contratavam os *pwazon rat*, e era então que os *pwazon rat* se organizavam em grupos e saíam para caçar os mortos.

Nunca se pôde saber como era que se orientavam, mas o fato é que mais cedo ou mais tarde todos eles subiam ao Chilotte, os que fugiam da Sabana Zombi e os que escapuliam de Piton Mango. E também acabavam por chegar naquela encosta até os que conseguiam escapar das manadas da Grande Colline, lá do outro lado do Golfo.

Bombardópolis estava quase no sopé do Chilotte — ainda está, mas apenas de memória — e naquele tempo não era tão raro ver mortos-vivos atravessando o povoado a qualquer hora do dia, tão atormentados pelo sol e tão comidos pelos bichos, que mal sentiam as pedradas, os meninos atiravam pedras neles e eles não sabiam se esquivar dos impactos, escorregavam e caíam, se levantavam e logo depois tornavam a cair, mas sempre de olho naquele morro desmatado.

Das portas do Petit Paradis, como se chamava o lugar onde Yoyotte Placide vendia comida, os *pwazon rat* olhavam a passagem dos mortos, mas nunca tentavam cortar o passo deles. Para isso o monte existia, e era lá, de noite e na ausência de testemunhas, que eles encurralavam os mortos, amarravam uns aos outros, formando um cacho, do jeito que se amarra uma trouxa daqueles iguanas que servem para se comer. Em seguida procuravam se certificar se por acaso havia algum que pudesse ser devolvido ao seu rebanho, mas quase nunca havia alguém para devolver, porque a maioria dos que tinham chegado ao Chilotte havia passado dias e dias rondando a costa, se revirando na sombra empesteada dos manguezais negros, lambendo o sal que ia formando uma crosta nas folhagens. Era o sal que acordava os mortos, e quando acordavam eles podiam se ver como eram, podiam se lembrar de como tinham sido, e de repente queriam desesperadamente voltar a ser como antes. Aí, então, ficavam furiosos: se danavam a insultar, se danavam a morder, se danavam a estraçalhar as reses, e como era impossível arrastar tantos mortos de volta ao povoado, os caçadores se conformavam em arrancar aquele pedacinho do cangote onde estava a marca do rebanho de cada um deles. Era por esse pedacinho de cangote que o dono do gado pagava aos *pwazon rat*.

Para terminar o trabalho os caçadores jogavam todos os mortos na mesma cova e deixavam o resto por conta de apenas um *pwazon rat*, aquele chamado Gregoire Oreste. No grupo cada um tinha sua tarefa, e a de Gregoire Oreste era arrematar a caçada.

Os outros homens que acompanhavam meu pai se chamavam Moses Dumbo, Divoine Joseph, Achille Fritz e Tiburon Jérémie. Moses Dumbo, que aos oitenta e dois anos completos era o *pwazon rat* mais velho do Haiti, jurava que no último instante os zumbis da savana tinham a faculdade de se transformar em animais: em porcos que andavam sem rumo, em mangustos bêbados, ou em galinhas de crista colorida que apareciam de repente, batendo asas no meio do caminho, mas apesar de todas essas mudanças um *pwazon rat* sempre conseguia agarrar e prender zumbis em sua mochila.

De noite, sentado diante do fogo, o velho Dumbo vigiava o caldo, esperando pela primeira fervura: para ele, uma carne que levantasse muita espuma não era carne de verdade, como também não podia ser uma carne que, fervendo pela primeira vez, ficasse esbranquiçada. "Carniça viva!", o velho gritava, e não parava enquanto não convencesse os outros a jogar fora aquela carne.

Com lua cheia ninguém saía para caçar. Não se caçava na segunda-feira, dia do Barón-la-Croix. Também não era bom laçar aqueles bichos na Semana Santa ou na véspera do Dia dos Mortos. Mas o que havia mesmo de mais perigoso — mais do que agarrar a caça e não lhe cobrir a cabeça — era sair para caçar com ferida aberta ou doença apanhada em pé de barriga de mulher.

Por isso, um pouco antes de sair para o campo, Divoine Joseph, que era o segundo na escala de mando, obrigava os outros a tirar as roupas e examinava um por um: sacudia as orelhas deste, abria a boca daquele, separava as nádegas de alguém, apalpava um saco, espremia a cabeça de um pau. Às vezes falava baixinho no ouvido de um dos homens, e se ele ficava fora do grupo era porque na certa Divoine tinha descoberto algum caroço nas partes dele.

Se, pelo contrário, fazia uma careta e apontava para a porta, isso queria dizer que todos estavam com saúde e já podiam botar o pé no caminho.

Assim que começavam a subir o monte, os *pwazon rat* deixavam de chamar uns aos outros pelos seus nomes, trocavam palavras baixinho e começavam a assobiar. Meu pai dizia que o assobio enlouquecia e desorientava as matilhas de zumbis, ele e Divoine Joseph tiravam do peito uns silvos tão enlouquecedores que nem os homens do grupo seriam capazes de suportar, por isso Divoine fazia antes um sinal para que tapassem os ouvidos, ele próprio tapava os seus, mas meu pai não. Meu pai agüentava aquilo sozinho, fechando os olhos e retesando as orelhas.

Às vezes, um daqueles bichos, mais esperto do que os outros, seguia no rastro do grupo, quase mordendo os calcanhares dos homens que iam subindo a encosta do monte, ou então se escondia atrás de uma árvore quando eles faziam uma parada para descansar e comer, e no caso de não encontrar nenhuma árvore, pois naquela época as árvores já começavam a escassear, a coisa se encolhia até ficar do tamanho de um sapo, muito bem escondida no meio dos espinheiros. Sem dar grande atenção à coisa, os homens acabavam de comer com a maior calma, depois se juntavam ao redor de meu pai, que traçava na camada de cinzas os caminhos da encosta e indicava o rumo de cada um deles. Também dizia quantas criaturas cada qual devia trazer, uma, duas, três ou quatro, dependendo da quantidade de feras que houvesse na matilha.

Lá em cima não se podia pregar olho. Quando escurecia, meu pai ordenava aos homens que atassem as redes, mas apenas para um pouco de descanso. Ali só podiam falar sussurrando, os homens em geral aproveitavam para fumar, beber uns tragos de *clairin* e planejar o que iam fazer com o dinheiro da caçada. Quando desciam do monte esses planos já tinham virado fumaça, porque os homens desciam com a cabeça fora do lugar, com os últimos uivos ainda dentro do crânio. E assim corriam direto para Mole Saint Nicolas, o povoado onde morava Divoine Joseph, entravam como uns loucos no cabaré de Trancréde, o coxo, e ali eram banhados pelas dominicanas — havia dominicanas de São Domingo e dominicanas do Haiti, também conhecidas como "dominicanas" da terra —, enquanto iam bebendo garrafas inteiras daquele melado purpurino que chamam licor de Cayemite. Só assim conseguiam arrancar da alma o gosto de defunto. Em uma só noite desperdiçavam metade do que haviam recebido. Trancréde, o coxo, conhecia muito bem o seu negócio.

Se trovejava, as coisas eram diferentes, pois então as matilhas se separavam e as feras brigavam umas com as outras, e aquela que levasse um sopapo ficava no chão como se fosse plantada. Os *pwazon rat* preferiam trabalhar nas noites de tempestade, não porque fossem mais demônios do que os demônios que saíam a caçar — o que aliás era dito pelas más línguas de Bombardópolis —, mas porque com chuva era menos perigoso andar naquele monte.

Pena que não houvesse tempestade, nem trovões, nem compaixão alguma no dia em que morreu meu pai. Hoje penso que ele já estava muito velho para uma profissão daquelas, e estar velho demais para a caçada quer dizer estar confiante demais em si mesmo.

Meu pai foi morto por uma velha diaba chamada Romaine La Prophetesse, mulher ruim em vida, imagine-se o que foi depois de morta. Neste mundo ela foi *mambo*, sacerdotisa, tinha coração de pedra e apenas um ponto fraco, o filho, um verme chamado Sonsón. Por vingança, para enfurecer a mulher, para acabar com o pouco de força que ainda restava nela, alguém matou Sonsón, e tudo que ela pôde fazer foi enterrar o filho. Mas logo lhe chegou a notícia de que tinham visto Sonsón no Massacre — aquele rio que se avoluma com a desgraça —, conduzindo de um lado para o outro uma pequena canoa carregada de sacos de carvão, remando dia e noite, sem descanso, como um mendigo, coitado de seu menino.

Qualquer mãe é capaz de dar a vida por um filho, mas Romaine La Prophetesse fez mais do que isso: deu sua morte por Sonsón. Disse aos seus ajudantes que queria ser levada para baixo da terra, para o lugar dos defuntos, queria sofrer o que Sonsón havia sofrido. Foi um enterro grandioso, nunca se tinha visto nada igual no Haiti: uma pessoa que por sua própria vontade descia à sepultura. Lá embaixo, depois de ser espevitada, ela foi alimentada com massa de *cocombre zombi*, e assim, danada de raiva, correu direto para o Massacre. Mas seu filhinho não estava mais lá, não encontrou Sonsón em nenhuma das margens do rio, alguém contou que haviam queimado o rapaz, e isso deixou Romaine ainda mais danada do que antes.

No dia em que emboscou meu pai, Romaine La Prophetesse andava com sua tropa pelas veredas do Chilotte, e era uma tropa de zumbis da savana, cada um tão faminto e tão ferrabrás como a própria profetisa. A tropa surpreendeu meu pai longe do acampamento, quando fazia suas necessidades atrás de umas moitas, esse era mais um dos seus velhos costumes: meu pai nunca se deixou ser visto na hora de sujar, dizia que aquele era o momento de maior fraqueza de um homem, e por isso se afastava de seu pessoal quando sentia vontade.

No grupo de caçadores ninguém suspeitou de nada, ninguém chegou sequer a ouvir gritos. Pois um *pwazon rat* sabe se defender, tem o dever de se defender com unhas e dentes, com facão ou seja lá com quê, mas gritar não grita nunca. O homem se despede em silêncio, meu pai dizia, e se despede pensando em seu futuro.

Mais tarde o cadáver foi encontrado por Divoine Joseph e Moses Dumbo. Estava sem pele, as feras tinham deixado o velho despelado e atirado em cima dos seus próprios excrementos. Fru-Fru se atreveu a lavar o corpo, mas logo estava se queixando de que a carne viva grudava em suas mãos e que as veias fininhas de meu pai se enroscavam em seus dedos como se fossem lombrigas. Um corpo sem pele é repugnante, mas mesmo assim Fru-Fru deu um jeito de botar uma camisa no velho.

A família inteira se reuniu no velório. Meu irmão Jean Pierre era quem mais chorava, e para dar forças ao meu irmão Etienne três garrafas de aguardente não bastaram. Minha irmã Yoyotte e sua madrinha vieram de Bombardópolis acompanhando o cadáver. A velha Yoyotte Placide desmaiou nos braços de Fru-Fru: nada como os grandes sofrimentos para aplacar os ódios entre as mulheres, dava gosto ver as duas tão aflitas, de cabeças juntas, chorando sem parar.

Poucos meses mais tarde todos nós debandamos, e assim acabou-se a casa de meu pai. Quando sua casa se acaba, aí sim, o homem morre de verdade.

Gente sem rosto

PROCUREI MANTER O TOM cordial. Escrever a Martha uma primeira carta, depois de tudo que havia se passado entre nós, supunha um duplo esforço de minha parte, um exercício de cautela e ao mesmo tempo de temeridade. Contei-lhe o repentino final de nossa expedição ao Mont des Enfants Perdus, incluindo o roubo de minha tenda de campanha. Foi um relato mais ou menos frio, como se os fatos tivessem ocorrido a outra pessoa. Falei-lhe também de Thierry e da história daquele pai que havia sido caçador. Não mencionei o objeto de sua caçada.

Embora eu não tivesse encontrado nem rastro do *Eleutherodactylus sanguineus*, assegurei-lhe que retomaria a busca, naquele mesmo monte, dentro de duas semanas, que até lá permaneceria em Port-au-Prince, e aproveitaria esse tempo para localizar o único haitiano que havia se interessado seriamente pelo declínio das espécies, alguém que nem sequer era hepertólogo, e sim médico, um cirurgião chamado Emile Boukaka.

Evitei falar da cidade. Contei-lhe que a piscina do Oloffson estava sem água e que de vez em quando vinham limpá-la. Os encarregados desse trabalho eram dois homens vestidos de calções curtos, que desciam para o fundo e varriam as folhas secas, palhas de palmeiras, frutas meio podres, às vezes papéis, punham tudo em sacos plásticos e subiam a escadinha empapados de suor, com as costas pingando, como se realmente estivessem saindo da água. Uns poucos hóspedes descansavam nas cadeiras de balanço e liam os jornais franceses, que chegavam com três ou quatro dias de atraso.

Também não mencionei os mortos, na suposição de que Martha sabia do fato pelos jornais. Nas ruas de Port-au-Prince havia sempre um pequeno enxame de fotógrafos, e todas as manhãs eu os via apinhar-se em volta dos cadáveres. Os cadáveres eram geralmente de homens jovens e apareciam nos mais diversos lugares, mas um dia apareceu um de mulher, quase em frente à entrada do hotel. Aproximei-me com os outros curiosos, não pude ver o rosto, a morta estava de bruços, e descobri que não tinha mais as mãos. Eu jamais havia pensado que um cadáver de mulher com as mãos cortadas pudesse me causar tanta impressão: senti-me nauseado e tratei de fechar os olhos.

A carta terminava com várias recomendações a Martha. Pus no mesmo envelope alguns papéis e memorandos que ela devia entregar a colegas meus; havia ainda um relatório dirigido a Vaughan Patterson, estava escrito à mão e eu lhe perguntava se podia datilografá-lo.

Meu próximo passo seria informar à embaixada sobre a duração indeterminada de minha presença no Haiti, o que me permitia pedir a inclusão da minha correspondência no malote diplomático. Afinal, não se tratava de uma correspondência qualquer, mas de documentos, notas e fotografias, tudo endereçado a laboratórios e universidades.

Naquela tarde, quando me dirigia para a saída, fui barrado por um funcionário do hotel: havia alguém à minha espera, disse, e apontou para dois homens uniformizados que estavam de pé em lugares diferentes do vestíbulo, e que ao me ver começaram a se aproximar. Identificaram-se como policiais e me pediram o passaporte. Cheiravam a suor e um deles tinha o nariz quebrado, o corte afetava o lábio superior e o inchaço alcançava o pômulo direito, também o olho direito estava inchado, mas a voz dele era cantante. Queria saber quanto tempo eu pretendia demorar em Port-au-Prince.

Tive a tentação de ser amável, convidei-os a sentar-se, rejeitaram com a cabeça e permaneceram à espera.

— Sou biólogo — eu lhes disse por fim — e estou procurando uma rã, não aqui, mas no Mont des Enfants Perdus.

Tirei do bolso a pequena folha de papel na qual eu havia desenhado a rã em meu primeiro encontro com Thierry. Não mencionei o nome científico da rã, referi-me a *grenouille du sang*, pronto, ela era tudo que me interessava.

— Tenho uma licença do Ministério do Exterior — acrescentei.

Um passou o desenho para o outro e percebi que não haviam ligado muito para a figura. Sujaram, porém, as bordas do desenho, lá estavam no papel timbrado as impressões, negras e perfeitas, dos seus dedos engordurados.

— Essas licenças não têm mais valor — disse imediatamente o do nariz quebrado. — Desde setembro se acabaram as licenças.

O outro me devolveu o desenho.

— Ninguém pode ficar mais de trinta dias.

Falavam mordendo as palavras, e me veio a suspeita de que podiam ser impostores. Estive a ponto de pedir que me mostrassem de novo seus documentos, antes eu tinha visto apenas dois pedaços de cartolina dobrados, pareciam úmidos, e eu nem sequer havia olhado para as fotos. Contive-me a tempo, e acho que mudei de atitude.

— Penso em permanecer mais ou menos três meses — disse.

— Nada além de trinta dias — o homem repetiu, e me entregou um papel tão sujo quanto as bordas do meu desenho: era uma intimação.

— Deve levar o passaporte — ele acrescentou —, e essa licença do Ministério do Exterior.

Li o papel e o dobrei juntamente com o desenho, dei meia-volta, caminhei lentamente para a saída do hotel, os dois homens ficaram atrás de mim, vendo eu me afastar, apertei o passo e me pus a andar pelas ruas enfumaçadas. Por este ou aquele motivo sempre havia fumaça nas ruas de Port-au-Prince, estavam queimando montes de lixo, ou móveis velhos, ou pneus de automóveis, ou então cadáveres de animais. Naquela tarde, vendo arder o corpo de um burro, tive a estranha impressão de que o animal agitava as patas e encolhia-se. Parei para observar, ao meu lado um garoto dava risadas, uma senhora que passava gritou-lhe algumas palavras incompreensíveis aos meus ouvidos, eram palavras duras, mas logo as patas se aquietaram e então eu retomei o meu caminho.

Na embaixada mandaram-me preencher novamente o formulário, com dados a meu respeito e o motivo de minha presença no Haiti, e também me perguntaram com quem deveriam comunicar-se em caso de enfermidade ou morte. Vacilei ao escrever o nome de Martha, acrescentei o de meu pai. O funcionário que me atendeu perguntou se eu tinha algum itinerário fixo, respondi-lhe que não, que o meu trabalho dependia de uma série de expedições, que por sua vez dependiam de outros fatores, como a chuva, o céu encoberto, a neblina e até as fases da lua. Quando a lua estava cheia, era menor a atividade dos anuros, possivelmente eles ocultavam-se, e por isso muitas expedições fracassavam.

    O funcionário me escutou com atenção, porém se negou a receber minha correspondência, primeiro teria de saber se podia incluí-la no malote. Fosse como fosse, eu teria que preencher alguns formulários, e ele me sugeriu que lhe telefonasse no dia seguinte para saber a resposta.

    Voltando à rua, procurei em minha carteira o endereço do professor haitiano que me havia recomendado Thierry, queria pedir-lhe que me desse o nome de outro guia. Pensava em contar-lhe o que havia ocorrido, há pessoas que simplesmente não combinam, eu e Thierry não éramos congeniais. Seria difícil trabalhar novamente com ele depois do incidente da primeira expedição.

    Perguntei a um transeunte como chegar ao endereço impresso no cartão de visita do professor. Ele me informou que se tratava de um lugar muito afastado, e pensei que o melhor seria regressar ao hotel e apanhar meu carro, o mesmo Renault que me havia levado ao Mont des Enfants Perdus. Eu o tinha deixado com um funcionário do hotel para ser lavado, e ele me havia aconselhado a encher o tanque; nunca se sabia quando o combustível iria faltar.

    Depois de rodar dois quarteirões meti-me de novo na fumaceira, desta vez não consegui descobrir qual a origem da fumaça, outro animal, possivelmente. Resolvi desviar-me, e ao dobrar uma esquina alguém me puxou pelo braço, pensei que fosse um vendedor ambulante, tentei me soltar e então recebi o primeiro soco, perto do olho, quase à altura da têmpora; o segundo me alcançou em cheio no estômago. Caí, tentei me levantar, mas o que veio a seguir foi um chute nas costelas, tão forte que tive medo de ter sido esfaqueado. Imobilizaram-me entre os dois, alguém me pisou nas costas com sua bota, era uma bota preta sem o menor brilho. De relance pude ver a segunda bota, e duas botas mais, pensei que iam me chutar novamente, então senti o puxão, minha mão ainda tentava reter o envelope com a correspondência, um envelope acolchoado dirigido a Martha. No esforço para segurá-lo percebi que os dedos ainda me obedeciam, tentei pedir socorro, deram-me um novo puxão, um novo chute e então perdi os sentidos.

Creio que não demorei muito a acordar, eu estava caído na calçada e uma porção de gente se apinhava ao redor de mim. Então me lembrei dos cadáveres do amanhecer. Alguém me ajudou a ficar de pé e todos perguntavam se eu me sentia bem ou mal e se estava necessitando de companhia. Doía-me o olho esquerdo, e eu mal conseguia abri-lo, o rosto me ardia e minha respiração era difícil. Andei até o hotel apoiando-me nas paredes, mas no vestíbulo desabei e dois funcionários vieram em meu socorro, pedi-lhes que me levassem para o quarto e chamassem um médico. Uma terceira pessoa aproximou-se por trás e tratou de me amparar a cabeça: era Thierry.

Naquela noite ele ficou ao meu lado. Tinha constantemente de trocar as compressas geladas que o médico havia recomendado para o soco no olho; era possível que eu tivesse uma costela quebrada, o menor movimento provocava uma dor muito forte, mas mesmo assim não aceitei que me levassem para um hospital. De quatro em quatro horas devia tomar dois comprimidos que Thierry me punha na palma da mão e que eu engolia com dificuldade, acompanhando-os com uma espécie de infusão que ele próprio aqueceu e me levou numa garrafa térmica.

De madrugada as dores pioraram, queixei-me em voz alta e Thierry tentou me acalmar:
— Espere o dia amanhecer. O amanhecer alivia.

Nenhum de nós dormiu naquela noite; de vez em quando eu cochilava e delirava, não tinha febre, mas os calmantes me davam uma sensação de irrealidade, parecia-me que outras pessoas entravam e saíam do quarto. Era uma gente sem rosto, vinda do nada e que no nada acabava por diluir-se.

Thierry estava certo: com os primeiros clarões do dia o olho adormeceu, a dor do costado reduziu-se, e eu caí em um sono um pouco mais profundo, sonhei que minha mãe tentava desenhar a *grenouille du sang* e que eu estava ao seu lado, mostrando-lhe a cor exata que devia ser usada.

Vozes me despertaram, e com o olho são pude ver que um camareiro acabava de entrar trazendo a bandeja com o café da manhã. Ali também estava o médico que me havia atendido no dia anterior, debruçado por cima do meu braço esquerdo, perguntando se eu me sentia melhor. Como demorei a responder, ele acrescentou que eu ainda estava demasiado tenso.

— Talvez seja devido ao susto — ele disse. — Quer que eu avise alguém?

Lembrei-me do formulário que havia preenchido na embaixada e tive uma reação de angústia, levantei-me da cama e percebi que respirava mal.

— Não é nada grave — ele pôs a mão em meu ombro —, mas talvez prefira que avisemos.

Neguei com a cabeça, voltei a fechar o único olho de que no momento dispunha — o outro fora vendado — e tentei recordar o sonho em que minha mãe se fazia presente. Meu coração me disse que talvez naquele mesmo instante, a muitos quilômetros de distância, ela estivesse trabalhando no único óleo decente de toda a sua vida de artista de pintora: uma rãzinha vermelha que do seu leito de lírios olhava para o mundo. Lírios cinzentos, como não podia deixar de ser.

O café da manhã me deixou mais animado, falei de tomar uma chuveirada, mas o médico me sugeriu que esperasse até o dia seguinte, receitou novos comprimidos e em seguida Thierry o acompanhou até a porta. De volta, fez uma parada a fim de olhar pela janela.

— Continuam lá — ele disse.

Só então me dei conta de que havia perdido a carta para Martha, as notas para os meus colegas e o relatório para Vaughan Patterson. Um relatório escrito à mão, com desenhos e gravações realizados em campo.

Thierry correu as cortinas e o quarto ficou na penumbra.

— Eles querem ter certeza de que você entendeu a mensagem — acrescentou. — E não venha me dizer que não sabe que mensagem é essa, pois eu já lhe tinha dito qual é: o Mont des Enfants Perdus tem um dono, e o dono não quer que você suba lá.

— Preciso daquela rã — minha própria voz soava diferente. — Diga a eles que depois de apanhar a rã eu vou embora.

Ele se sentou junto à cama.

— Cada dia você parece mais com Papá Crapaud. Ele também se apaixonava pelos seus bichos, vivia procurando uns sapos que nunca tinham existido, que ninguém conheceu, nem meu pai nem os mais velhos. Era um homem teimoso. Eu ensinei a ele a Lei da Água.

Olhei para o teto e fui caindo suavemente na armadilha: eu não procurava uma rã imaginária, procurava a *gre-*

nouille du sang, aquela rãzinha vermelha que ele mesmo tinha ouvido tantas vezes.

— Em má hora — Thierry suspirou. — O melhor era que não tivesse ouvido nunca.

— Isso é outra coisa — eu disse. — De que morreu Papá Crapaud?

Moveu a cabeça e foi de novo à janela, afastou um pedacinho de cortina, ficou ali algum tempo.

— Foi morto por mão de mulher — ele respondeu sem me olhar, ocupado com os movimentos na rua. — Posso ensinar também ao senhor a Lei da Água, desde que me fale dos pássaros que seu pai cria.

Pedi lápis e papel. Quando comecei a desenhar me dei conta da extrema fraqueza de todos os meus músculos, motivo pelo qual a avestruz saiu meio indefinida, como se a víssemos através de uma cortina de chuva.

— Aí está o pássaro.

Desenhei um homem ao lado da avestruz, numa proporção que permitisse a Thierry calcular o tamanho do animal. Tomou-me o papel e ficou a observá-lo em silêncio.

— Quanto de carne se tira de um bicho desses?

— O suficiente para dar de comer a uma centena de homens — respondi.

— E quantos ovos bota?

— Depende. Na fazenda de meu pai teve uma fêmea que chegou a botar noventa e cinco ovos em apenas um ano. Mas botando quarenta ou cinquenta já basta.

— Basta pra quê?

— Para que se possa abater ou perder até metade, enquanto são frangos — respondi. — Completado um ano, o criador pode levar vinte e quatro ou vinte e cinco aves ao mercado. É o bastante. Vende a carne, as penas e a pele, tudo por um bom dinheiro.

Dobrou o papel com a intenção de guardá-lo, e eu prometi que mais adiante lhe faria um desenho melhor.

— Quantos desses tem seu pai?

Confessei-lhe que não sabia ao certo. O número variava a cada dia, dependendo dos animais que eram vendidos ou abatidos. Pelos meus cálculos devia haver umas sessenta ou setenta avestruzes, sem mencionar os frangos, que eram contados à parte.

— E o perigo, onde está?

Lançava suas perguntas e esperava minhas respostas com uma só e iluminada expressão de quem estava recebendo um poderoso segredo.

— O perigo está nas patas — eu disse. — As avestruzes têm dois dedos, só dois, mas com eles podem decapitar um homem, principalmente se estiverem na época do cio, e também se o homem se aproximar delas logo que o dia amanhece.

Thierry suspirou, virou o desenho de cabeça para baixo, pediu que eu lhe falasse mais: a cor e o tamanho dos ovos, quanto tempo os pintinhos levavam para sair da casca, que tipo de alimento comiam. Parei nesse ponto, prometendo-lhe que em outra ocasião voltaria ao assunto, agora estava esgotado e precisava dormir.

— Só mais uma coisa — pediu. — Quanto tempo vivem?

Antes de sair, deixou-me ao alcance da mão uma boa quantidade de gelo, e também os comprimidos que eu devia tomar na parte da tarde. Afastou-se sem fazer ruído, e isso me trouxe à memória os criados bengaleses dos filmes, que sempre acabam por apunhalar o amo.

Da porta, voltou-se para me ver, e despediu-se com um aceno de mão.

— Não é verdade essa história de que enterram a cabeça na areia — murmurei para mim mesmo. Ele já não podia me ouvir.

Todos os anos, durante a primavera, milhares de sapos dourados, pertencentes à espécie conhecida como *Bufo periglenes*, apareciam nos rios e lagoas do bosque Monteverde, no norte da Costa Rica. Era nesse período que celebravam seu curioso ritual de acasalamento, cuja duração era de vários dias.

Apenas um sapinho dourado foi visto no ano de 1988 em toda a extensão do bosque.

Dois anos mais tarde, em 1990, o *Bufo periglenes* estava completamente extinto.

Urina de vaca

CHEGOU CARREGADO DE RÃS. Rãs negras como pedras de raio. Rãs tigradas, com olhar de coruja. Rãzinhas amarelas, do tamanho de uma pequena moeda.

Trouxe também um sapo até então nunca visto, um animal obstinado, que ainda se mexia no interior do frasco, e que parecia mais morcego do que sapo; perguntei a Papá Crapaud que tipo de demônio era aquele, e me respondeu, o mais valioso que já havia encontrado. Sem perda de tempo começou a desenhá-lo, e me mostrou como eram as patas, a cabeça achatada, as bolsas de veneno e as aletas que usava para se lançar do alto das árvores. Papá Crapaud estava muito orgulhoso do carregamento que havia trazido de Guadalupe. Mas estava orgulhoso principalmente da mulher que havia encontrado por lá.

O nome dela era Ganesha, e como então eu era moço, jamais tinha visto mulher igual a ela. Depois cheguei a ver muitas outras, com a mesma pele, os mesmos olhos, e todas desleais. Naquela mistura existe alguma coisa que a Deus não agrada. Papá Crapaud disse que a família de Ganesha, sua mãe e seu pai, tinha vindo de muito longe. Pegou um mapa e me mostrou como eram os quatro mares que eles haviam atravessado para chegar a Guadalupe.

Perguntei por que não tinham ficado em sua terra, e Papá fez questão de não me deixar sem resposta: não ficaram porque estava escrito que teriam uma filha, e estava escrito que no dia em que Crapaud descesse daquela embarcação no lugar chamado Pointe-à-Pitre, ela seria a primeira a se aproximar a fim de lhe vender uma rã seca. Não demorou a saber que a mulher vivia de vender rãs tratadas para virar enfeite, em um quiosque do porto, e foi assim que os dois se viram pela primeira vez.

No dia em que me levou para conhecer Ganesha, ela me cumprimentou juntando as mãos, tinha uns braços muito aveludados, e apostei que, nela, eram uns exageros as três matas de pêlo que meu pai tanto havia cantado. Mas também andava com uma argola no nariz e um lunar de sangue na testa. Pensei que fosse pintado, eu nunca tinha visto em ninguém um sinal tão vermelho e tão redondo como aquele.

Não era mulher muito limpa. Minha mãe — que era, e bastante — costumava dizer que as mulheres porcas sempre são muito jeitosas quando se trata de agarrar um homem. Ganesha foi para mim a prova de que isso era a pura verdade, pois agora Papá Crapaud não usava mais camisas engomadas, e quando sacava o lenço branco do bolso logo dava para notar as manchas de suor, o muco do nariz, a sujeira de uma semana, aquilo me dava ânsias de vomitar. Ganesha era tão porca que usava urina de vaca para lavar o chão da casa; os vizinhos se queixavam de tanta porcaria, não conseguiam mais agüentar o fedor de bosta que vinha da casa dela.

Papá Crapaud sentia-se muito ofendido quando lhe traziam queixas da mulher, fechava o punho e levantava o braço como se estivesse defendendo a honra da mãe. Chegou a dizer que Ganesha era uma cristã de classe diferente do resto das mulheres, e que os *loas* presentes em sua mesa eram *loas* vindos de outras terras onde se gostava de urina e de bosta, de bosta e arroz misturados com leite. Ninguém mais acreditava no que ele dizia, todo mundo sabia que Ganesha tinha bebido a alma dele. Papá Crapaud sofria, no começo quase nem falava, eu notava quando escurecia e no monte só havia nós dois, eu lhe entregava as rãs que havia capturado, aquelas pelas quais tinha algum interesse, e então ele me olhava sem pestanejar: "Me diga, Thierry, onde é que está a dignidade do homem?" Só perguntava porque já sabia o que eu ia responder: "A dignidade do homem está nos colhões. É por isso que ele perde a dignidade com tanta freqüência."

Ganesha também não era leal: quando Papá Crapaud saía comigo para ir às lagoas, os homens começavam a rondar sua casa. Um deles acabava por entrar, ela decidia quem era que podia ou não podia passar pela porta. Os outros ficavam lá fora, olhando de boca aberta, babando de inveja. Às vezes Papá Crapaud chegava antes da hora, e então improvisava uma grande confusão, dava golpes no ar com um cabo de vassoura, os homens se afastavam, mas na primeira oportunidade se acercavam de novo, como se fossem cachorros indo e vindo atrás de uma cadela no cio.

Pouco a pouco abandonou as expedições, não queria mais deixar Ganesha sozinha, muitas vezes batia nela para valer, mas a mulher jamais criava juízo, apaixonou-se por um homem mais moço do que Crapaud e mais moço até do que ela, um beberrão que botou para correr o resto dos pretendentes — ele sim, conseguiu a proeza — e que ia roubando tudo que encontrava pelo caminho, esferográficas e máquinas de fotografar, dólares e sapatos, sabonetes e espelhos, qualquer coisa que Papá Crapaud não tivesse deixado embaixo de chave.

A partir daí, foi minha a obrigação de caçar as rãs. O velho me mandava e ficava em casa vigiando a mulher, fingindo que desenhava sapos, em certa época guarneceu as janelas com arame farpado, e passava a noite de guarda em sua própria porta, armado com uma velha carabina comprada de um *macoute* de Petit Goave. Aquele homem de tanta ciência tinha descido ao fundo do poço, passava as noites falando sozinho. Tripa de rã não clareia o caminho de um homem. E no seu mundo tudo era rã, foi por isso que ele pôde ser enganado pelos outros.

Eu perguntava a ele por que não mandava Ganesha de volta para o lugar onde haviam se encontrado, e ele, que não bebia uma gota de álcool, me olhava com olhos de bêbado: "Onde está a dignidade do homem?" E sacudia as partes diante dos meus olhos. "É aqui que está, Thierry, e aqui não tenho nada, nada."

Sentada no chão, Ganesha nem se dava ao trabalho de olhar para nós. Cozinhava de cócoras, refogava uns legumes cor de tijolo, que depois servia em umas tigelas pintadas de flores, trazidas de Guadalupe. Quando menos se esperava, ela se erguia com um salto e saía de casa correndo, Papá Crapaud corria atrás dela, gritando insultos, agarrava a mulher pelo pescoço, lhe dava uns sopapos, arrastava a fujona de volta à caverna. Assim viviam, e por isso a vida de todos mudou, inclusive a minha, pois até eu acabei querendo saber o que era que a bruxa escondia no meio das pernas, e um dia fiquei em casa enquanto Papá Crapaud ia postar umas cartas, e então abracei a mulher pelas costas. Ela deu uma viradinha e logo tratou de fugir, mas antes de sair foi agarrada por mim, levantei a saia dela e vi tudo que queria ver: pentelhos compridos como se fossem uma barba, negros e lisos, e com certeza penteados, dava até para fazer umas tranças. Separei aquela pelaria como se estivesse abrindo uma cortina, e ela deixou que eu tocasse em qualquer parte, levantei a blusa e vi os botõezinhos das mamas, tão vermelhos como o lunar que ela trazia na testa, passei minha língua neles para tirar a pintura, pensava que era pintura, esfreguei saliva nos botões, mas os dois continuaram vermelhos, o vermelho deles era natural. Deitei a mulher no chão, ela conseguiu se libertar, mas em vez de me bater e fugir, o que fez foi ficar de quatro e se oferecer como se fosse uma cadela. Não era preciso pedir nada a Ganesha, e era por isso que tantos corriam atrás dela. Ganesha sabia qual a necessidade de cada um.

A partir daí, quando Papá Crapaud me perguntava onde mora a dignidade do homem, eu não respondia. O que eu fazia era baixar os olhos e mudar de assunto, em mim também faltava alguma coisa, alguma coisa que eu tinha perdido no dia em que comi Ganesha, e também nos dias que vieram em seguida, todo aquele tempo em que não fui capaz de pensar noutra coisa a não ser na maneira de trepar de novo com ela.

Pouco depois adoeci. Contei as coisas a meu pai, que não deu muita importância ao caso, apenas me encaminhou a Divoine Joseph, para que ele me desse algum remédio. Divoine me mandou ficar nu, como se eu fosse um dos *pwazon rat* de seu grupo, me examinou pela frente e por trás, espremeu a cabeça do meu pau, abriu minhas nádegas e apalpou por baixo do meu saco.

— Você está fodido, filhinho.

Me receitou um remédio para beber e outro para passar entre as pernas.

— É muito mais seguro meter no Tancréde. O coxo pelo menos anda limpo.

Papá Crapaud também ficou muito doente, e eu lhe disse que fosse procurar Divoine Joseph, mas ele não quis ir, preferiu chamar um médico de Port-au-Prince, um doutor branco e sem malícia nenhuma, que ficou um tempão aplicando injeções no doente, sem conseguir que ele fosse curado por completo.

Certa madrugada, quando nós dois voltávamos do rio, ele me perguntou por que eu tinha comido a sua Ganesha, mas foi uma pergunta sem firmeza, e por isso não respondi. Em seguida pensei, talvez tenha sido por causa da urina de vaca. E então disse ao velho que o cheiro do corpo de sua mulher era igual ao da urina que ela salpicava pela casa.

— Aquilo endoidece os homens — eu lhe disse —, e é por isso que eles vêm correndo como cachorros, todo homem é cachorro quando sente em outro animal o cheiro de desejo.

— Ganesha tem lá suas crenças — ele replicou —, os costumes do pai e da mãe, você também tem as suas, não?

Então me lembrei da Lei da Água, uma lei difícil, da qual eu nunca lhe havia falado, nem mesmo depois de passar tantas noites com ele na beira do rio, ouvindo ruídos que não eram deste mundo, vozes arrastadas, rabeadas na água, soluços e choros de alguém na superfície. Perguntei se queria que lhe ensinasse a lei, pensando com isso pagar um pouco do mal que lhe havia feito ao me espojar com aquela puta, com quem morria de vontade de me espojar novamente.

Papá Crapaud me convidou para voltar a sua casa, coisa que desde muito não fazia, e pediu a Ganesha que nos deixasse a sós. Em seguida pegou seu cachimbo, o único

que não tinham roubado, me olhou com olhar de perdão e sentou-se a fim de me ouvir.
— Bendito seja Agwé Taroyo — comecei. — A água apaga a candeia.

Bárbara

PEDIU-ME PARA DESLIGAR o gravador. A lei que logo começaria a me transmitir só poderia perdurar se fosse guardada na cabeça e na língua dos homens.
Devíamos, ele disse, respeitar aquilo que amamos, e o princípio de qualquer amor é a memória. Eu podia guardar suas palavras na memória, aconselhou-me a fazê-lo, e acrescentou que eu sofreria um grande castigo caso as repetisse sem autorização dos "mistérios". Já que ele não pudera salvar a vida de Papá Crapaud, talvez agora, passados tantos anos, pudesse salvar a de outro caçador de rãs.
— A sua vida — murmurou — é como se fosse a dele.
Apanhou um cigarro e bebeu um pouco de rum. A sala estava na penumbra, Thierry falava baixinho, mas repetindo duas vezes cada frase, era como se fosse um ditado imperativo e monótono, a emoção o impedia de altear a voz. Para recuperar o fôlego, levava à boca o copo de rum cor de ouro, e me parecia que ao entrar em contato com a bebida seus lábios crepitavam.

— As lagoas próximas do mar não se alimentam o bastante. É isso o que primeiro se deve saber.

Falava possuído por uma espécie de torpor ou de transe, suas pálpebras foram pouco a pouco baixando, até que dos olhos restaram visíveis apenas duas estreitas riscas brancas.

— Como não se alimentam, estão sempre com fome, e como têm fome, devoram tudo que vão encontrando. Um homem deve tomar cautela ao passar por perto desses charcos grandes e solitários.

Tremia, perguntei-lhe se sentia frio, sugeri que desligássemos o ar-condicionado. Não respondeu, começou a oscilar para diante e para trás, bem lentamente, tive a impressão de que a qualquer momento iria desabar.

— Vá e recolha suas rãzinhas, não digo que não, mas trate de olhar o olho-d'água, ou de parar para saudar a mulher que estende roupa na beira da lagoa. A mulher é negra, mas os seus filhos podem ser mulatos. Se alguém chamar pelo seu nome, não abra a boca e apresse o passo, pois não se trata de gente deste mundo. Mas, se o senhor encontrar uma aura malcheirosa, faça-lhe uma saudação, diga três vezes "kolé kolé yo la", e faça o sinal-da-cruz em nome de Deus.

Lembrei-me de que Martha tinha o hábito de persignar-se antes de ir para a cama. No início me parecia irônico que uma pessoa com o seu caráter e seu rigor científico carregasse consigo esse pecadilho da infância, como alguém que continua arrastando seu velho ursinho e o abraça na hora de dormir. Nunca quis me contar a origem daquela mania, àquela altura não era mais do que uma simples mania, mas imagino que tivesse algo a ver com as afetações da velha com quem fora criada. Martha foi entregue aos avós pouco antes de completar dois anos, e daí por diante só via os pais em umas poucas ocasiões, quase sempre no Natal, a mãe vivia um tanto doente, sofria de depressão cíclica. Só os conheci no dia do nosso casamento, quando apareceram como se fossem dois fantasmas, e me pus então a observá-los um pouco: em Martha havia muito de sua mãe, sobretudo os olhos, e também o modo como juntava os lábios; não tinha semelhança alguma com o pai, ou talvez tivesse um pouquinho no timbre de voz.

— Não se deite embaixo de uma árvore se for para dormir. É preciso muito conhecimento para saber qual a que está limpa e qual está carregada.

O copo esvaziou-se, Thierry buscou a garrafa às apalpadelas e tornou a enchê-lo, inclinou a cabeça para trás e tive a impressão de que sua voz se modificava.

— Se encontrar um caranguejo perto de uma casa, chame o dono, chame em voz alta, porque aquele animal não está sozinho. Há umas pessoas que fazem trabalhos com caranguejos, os bichos são carregados de "malefício" e depois são soltos para serem apanhados. Quase não há mais ninguém que saiba fazer esse trabalho, mas se por acaso encontrar um que saiba, diga bem alto que não quer.

Caranguejo na fervura. Bolo de caranguejo a parmegiana. Ovos batidos com caldo de caranguejo. Pratos que faziam parte do cardápio do Crab Stories, restaurante predileto de Martha, no qual ia almoçar com Bárbara pelo menos duas vezes por semana. Uma noite ela me convidou e tive de provar umas frituras de marisco, um prato delicioso que me deixou carregado de desconfianças.

— Não repita o nome dos seus entes queridos enquanto a água lhe der pela cintura; não faça planos nem pense em cerimônias se estiver com os pés dentro d'água; não se lembre de seus mortos, nem por casualidade, os mortos vêm brincar perto da margem, puxam os vivos para baixo, podem afogar os vivos sem querer.

Poucos anos depois, a mãe de Martha morreu. Fomos avisados de madrugada, é nessa hora que quase todas as mortes súbitas acontecem. Acompanhei minha mulher ao funeral e vi que a defunta mantinha os lábios fechados, minha sogra havia morrido de um modo idiota: tinha escorregado dentro de casa, e sua cabeça se abrira como se fosse uma fruta. Martha não derramou uma única lágrima; em compensação, ficou muito abatida quando meses depois faleceu sua avó. Quis que ela fosse velada em nossa casa, acabara de conhecer Bárbara, tinham se tornado amigas durante uns encontros ecológicos, e desde então se viam praticamente todos os dias. Bárbara ajudou-a a organizar o velório, era gentil e me abraçou formalmente. Em seguida entrincheirou-se ao lado de minha mulher e ali permaneceu até a hora do enterro: esfregava as costas de Martha, levava-lhe comida, ia com ela ao lavabo.

— Não se atreva a comer mamão quando a lagoa estiver à vista. Não pense em colher goiabas, nem tampouco em descascar mangas, se achar que o cheiro pode chegar até a água. Não parta um coco caso lhe pareça que a pancada pode ser ouvida na margem. Ouça bem o que estou lhe dizendo.

Depois do enterro voltamos para casa. Bárbara veio conosco, encarregou-se da cozinha e armou a cena, era muita prática, o tipo de pessoa que infunde determinadas certezas, provavelmente as de que ela própria carece. A certa altura do espetáculo trouxe um copo de vinho para minha mulher, e minha mulher, em sinal de gratidão, deu-lhe um beijo na face.

— Se um homem beijar os pés de uma mulher dentro d'água, a mulher morrerá antes dele.

Thierry levantou-se, fez um gesto de preguiça, e depois, com muito maior rapidez, um gesto de alegria. Dava a impressão de acordar depois de ter dormido muitas horas. Secou as pálpebras, como quem seca lágrimas, mas ali não havia lágrimas, havia apenas a lembrança delas.

— Se duas mulheres entram ao mesmo tempo, e com o mesmo pé, nas proximidades da foz onde se juntam a corrente doce e a salgada, elas terminarão se querendo como homem e mulher.

"Como homem e mulher", assustei-me. Qual das duas era o homem? Ou se amariam mesmo como mulher e mulher? Quem seduziu quem, qual das duas tomou a iniciativa, o que disseram de mim (sempre se diz alguma coisa), o que alegou Martha, de que lembranças, de que censuras, de que frustrações terá se desafogado?

— Não beba a água represada sem pedir licença e sem pagar seu preço.

Tudo que Martha percebia em mim, com seu olhar sagaz de bióloga marinha, logo seria comentado com Bárbara, as duas abraçadas, naquele apartamento que eu não conhecia, mas que certamente estaria repleto de fotografias — uma geóloga bem-sucedida sempre faz questão de ser fotografada *in situ* —, pontilhado de pedras e fósseis, mostras de solo, fragmentos de rochas recolhidas nas camadas mais profundas.

— Quem quiser levar alguma pedra de uma represa natural terá de ajoelhar-se e perguntar se pode, será que antes nenhuma foi levada?

Acenei a Thierry para que se calasse, e fechei os olhos. De repente senti-me em desespero, tentei me concentrar na recuperação da saúde — os socos ainda me doíam — e na data aproximada de uma nova expedição ao Casetaches. Era só nisso que eu devia pensar. Abri os olhos, antes estavam irritados, agora ardiam em chamas.

— Minha mulher me abandonou, Thierry. Não quero falar da água. Quando acha que podemos subir à montanha?

— Ao Casetaches? Quando o senhor quiser, quando se sentir melhor. Esta semana, talvez.

— Esta semana — decidi. — Mas agora me diz, como foi que morreu Papá Crapaud?

Durante o ano de 1992, David Whistler, curador do Museu de História Natural de Los Angeles, fez uma pesquisa sobre as populações do sapo *Bufo marinus* no arquipélago do Havaí.

Na ilha de Kauai, onde antes a espécie era numerosa, não encontrou, vivo ou morto, um só exemplar do referido animal.

Os nativos lhe disseram que os sapos simplesmente tinham "ido embora".

Tu, a escuridão

NAS MARGENS DO BRAS à Gauche, o rio mais manso que conheço, a gente respira os miasmas que vêm do Bras à Droite, o rio mais sujo do que o outro. Esses dois rios se juntam em um lugar chamado Saut du Clerc, onde as águas revoluteiam, e daí por diante seguem como um só, nem tão manso nem tão sujo, um único braço, verde e mal-humorado, que se encontra com o mar em Jérémie. Os "mistérios" são caprichosos, e em vez de buscar o que comer no Bras à Gauche, que sempre cheira a céu, vão atrás do necessário naquele Bras à Droite que desce espalhando pestes. Papá Crapaud não queria acreditar, e uma noite foi lá comigo a fim de ver: com seus próprios olhos ele viu uma velha de nome Passionise entrando no rio, levando em uma das mãos a bandeja com os frangos vivos, e na outra as comidas, bebidas e os doces finos de São Domingos envolvidos em papel de jornal. A velha mergulhou com todo aquele comelório, ficou muito tempo embaixo d'água, ao que parece botando a mesa para Agwé Taroyo, e não morreu afogada. Quando tocaram o tambor, ela voltou com cara de grande satisfação. Um filho sempre ficava esperando na beira do rio, o filho levava seu tambor, e quando calculava que a mãe estava para subir tocava forte, as bumbadas ajudavam a mãe a encontrar o rumo.

Papá Crapaud gostava muito daqueles rios, principalmente o Bras à Gauche, onde havia encontrado o seu sapo. Antes da chegada de Ganesha, houve uma ocasião em que a gente armou o acampamento naquela ribeira. Ele se deitava depois de tomar o desjejum e dormia até o anoitecer, hora em que o bicho também acordava. E aí passava a noite olhando para o sapo, anotando os ruídos que ele fazia, quantas vezes trepava — e eram muitas, nunca vi um sapo tão dado à luxúria como aquele —, contando quantos ovos a fêmea botava e examinando com a lente o girino que conseguisse viver. Papá Crapaud deu seu próprio nome àquele sapo, nome grandioso demais para um sapinho tão esquisito, roxo amorado, cabeça achatada e uns pontinhos brancos ao redor dos olhos. Anos depois aquele bicho sumiu, foi morar na lua, como tantos já tinham feito.

Aquela foi uma época feliz para Papá Crapaud, lhe mandaram uma gravura colorida com o desenho do sapo e o nome dele escrito embaixo com letras graúdas. Era ilustração de um livro, e ele mandou emoldurar e pendurou o quadro numa parede de sua casa. Talvez por isso, por ter sido tão feliz naquele rio, quando não pôde mais vigiar Ganesha ele me pediu que a gente voltasse para o Bras à Gauche, queria anotar todos os esconderijos das rãzinhas de lábio negro, comprou uma camioneta com a qual pudesse subir ao monte, e então a gente armou o acampamento perto do Saut du Clerc. Ali estivemos três dias sem nada fazer, o velho se sentia mal só de ver a água, mas mesmo assim não quis voltar para Jérémie.

Imaginei que tivesse adoecido novamente das partes, e me ofereci para ir com ele ao lugar onde morava Divoine Joseph, mas o velho resmungou e disse que não havia necessidade. Naquela noite ficamos olhando um para o outro, e quando fui lhe levar o caldo ele me agarrou pelo braço e confessou que estava envenenado. Perguntei quem podia ter lhe dado veneno, e ele calou-se: isso queria dizer que a culpa era de Ganesha, e eu lhe disse que assim que o sol se levantasse, quer ele quisesse quer não, eu ia buscar Divoine Joseph para lhe dar um purgante. Além de curar as doenças das partes, Divoine conhecia os remédios para quase todos os venenos.

Papá Crapaud se queixava cada vez mais alto, disse que se sentia como se todas as formigas do mundo estivessem caminhando por baixo de sua pele. Não podia dormir, e estivemos conversando até de madrugada, eu queria saber qual o veneno que lhe tinham dado, não disse exatamente assim, mas no final fiquei sabendo por causa das perguntas que ele me fazia. Expliquei que o veneno era preparado de um jeito em Saint Marc e de outro em Gonaïves, mas como o amante de Ganesha era do povoado de Léogane, apostava que era lá que tinham fabricado o veneno. Um deles, porque dois eram feitos em Léogane, e cada um deles levava bichos diferentes. Senti um nó na garganta na hora de explicar ao velho que o formigamento embaixo da pele era sinal de que lhe haviam dado o veneno que levava sapo. Não era justo, não era direito que ele morresse com o veneno do *crapaud blanc*, quem sabe misturado com o do *crapaud brun*.

— É justo, sim — disse Papá Crapaud. — Deve ser de lei que os sapos me levem deste mundo.

Ele quis sorrir, mas o que a boca fez foi se retorcer, e então perguntou se também botavam peixe no veneno.

Dois, respondi: um que chamam *bilan* e outro que chamam *crapaud du mer*, bastava roçar nos dois com a ponta de um ramo, eles se inchavam e soltavam um fel amarelado. Me perguntou onde eu tinha aprendido tanto de veneno, e eu lhe contei que Charlemagne Compére, irmão de Yoyotte Placide, se dedicava a preparar aqueles venenos em Gonaïves. Duas vezes eu tinha visto Charlemagne empacotando uns pós, untando as mãos com *clairin*, amônia e suco de limão a fim de se proteger do veneno; ele também tinha o cuidado de tapar os buracos do nariz e cobrir o corpo com sacos de juta; e ainda cobria a cabeça com um chapéu. Os homens que fabricavam o veneno evitavam tocar no pó ou respirar perto dele, mas mesmo assim às vezes morriam.

Papá Crapaud continuou a perguntar e eu a responder com esforço. Me lembrei de que em Gonaïves, para reforçar o veneno dos pós, juntavam o sapo e a cobra na mesma vasilha; enterravam a vasilha o tempo necessário para que os dois morressem de raiva; então botavam os dois para secar, e depois batiam até que ficassem bem misturados. Mas não me pareceu cristão falar de tal coisa naquela noite, não enquanto Papá Crapaud continuasse em estado grave, por isso não deixei que ele notasse o meu sono, e além do mais ele disse que as formigas em seu corpo estavam se aquietando e que já era hora de a gente dormir.

Ouvir aquilo me alegrou, e então me encolhi no saco de dormir, e sonhei com minha mãe e meus amigos mortos, mas sonhei principalmente com a mulher destrambelhada que tempos atrás eu tinha ido buscar no monte Casetaches. No sonho eu não chegava a ver a mulher, mas sabia que ela estava bem pertinho, pois ouvia suas palavras, as palavras de sua boca, que eram mais compridas e muito mais difíceis do que as do seu coração. Então fui acordado por um grito de coruja, mas logo me dei conta de que aquilo tinha sido o grito de Papá Crapaud. Acendi a lanterna e me sentei ao lado dele: um fiozinho de sangue corria de seu nariz, ele não se mexia, não respirava, outro fiozinho saía da boca. Me lembrei de uma frase que meu pai dizia ao saudar um morto, uma coisa que sempre se havia dito na Guiné: "A alma do caído parte livre na ponta da flecha que se chama Erikuá."

Rezei um pouco por ele, tirei sua camisa, limpei o sangue que começava a secar. Guardei a camisa em minha mochila, porque estava impregnada pela força da morte. Vesti nele uma camisa menos suja, já lhe disse que Papá Crapaud não dava mais importância às roupas desde que havia se juntado com Ganesha; liguei a camioneta e levei o cadáver para casa. Não bati na porta para entrar, primeiro olhei pela janela e vi Ganesha de joelhos, cercada de fumaça e bostas úmidas, envolvida pelo cheiro da urina de vaca, rezando à Virgem de muitos braços, que ela chamava de Mariamman. Repetiu várias vezes a reza: "*O toi, lumière... Toi, l'Inmacullé, toi, l'obscurité qui enveloppe l'esprit de ceux qui ignorent ta gloire*" [Oh tu, luz... Tu, a Imaculada, tu, a escuridão que engolfa o espírito daqueles que ignoram tua glória].

Pensei que rezava pela alma de Papá Crapaud, já devia saber que ele estava morto; entre todas as mulheres que conheci na vida, Ganesha era a mais podre. Contornei a casa e bati na porta, ela demorou a abrir, e quando afinal veio atender, pude notar que havia suado muito, o suor tinha grudado as túnicas alaranjadas em sua pele, gotas escorriam pela sua cara e também pelo seu peito.

— Vim trazer o corpo.

Ela cobriu a cabeça com o lenço branco que levava nos ombros.

— A família vai querer todos os papéis dele — eu disse. — Ai de você se tocar neles.

Nós dois levamos o cadáver da camioneta para cima da cama. Avisei a Ganesha que ia procurar um médico para saber de que ele havia morrido.

— Morreu disto — ela disse, tocando por cima da roupa molhada o biquinho vermelho do peito.

A mulher de Papá Crapaud e seus filhos, que já eram adultos e tinham suas próprias famílias, moravam muito longe, não tinham como chegar a tempo. Assim, coube a nós dois, Ganesha e eu, velar Papá Crapaud e lhe dizer adeus no dia seguinte. Também apareceu um dos seus amigos de Port-au-Prince, que arranjou, em minha presença e na de Ganesha, várias caixas com as rãs conservadas, os papéis e os desenhos de Papá Crapaud. A roupa dele foi dividida entre nós todos, a mim ela ofereceu um par de sapatos, mas eu jamais aceito sapato de defunto, coisa ruim de ver, imagine de calçar.

Até o amante de Ganesha, aquele de Léogane, recebeu sua lembrança. Ela lhe deu umas calças e uma camiseta quase nova, que ele aceitou com alegria, mas em seguida perguntou se podia ficar com os sapatos que eu havia rejeitado, e a pergunta foi feita quase num tom de quem mendiga, como se já não houvesse roubado o bastante.

O médico veio e disse o mesmo que Ganesha: o coração de Papá Crapaud havia estourado, e provavelmente já era um coração doente desde muitos anos. Essa é mais uma dos pós, são invisíveis para a ciência, quero dizer, para a pouca ciência dos médicos. Divoine Joseph, que era tão vivo quanto sábio, só precisava cheirar a cabeça do defunto para descobrir os culpados.

Quando amanheceu, saímos para o enterro. Quem nos acompanhou foi o padre da igreja de Jérémie, e também um professor de Cap-Haïtien que chegou na última hora, era um mulato educado, que sabia esconder as lágrimas. Ganesha queimou incenso e deu a cada um de nós uma caixinha de cartolina com pétalas para serem jogadas em cima do caixão. Meu irmão Jean Pierre veio comigo, e Carmelite, a filha de Fru-Fru, também apareceu vestida de preto, com um chapeuzinho de palha emprestado pela mãe. Ela se considerava uma fêmea de primeira; convidei Carmelite para dar um passeio depois do enterro, ela respondeu que naquele monte não dava mais, que agora quando eu e Jean Pierre quiséssemos, tinha de ser nossa própria cama, e nessa cama ela devia ficar. Essa era a ordem da mãe dela.

Pensei um pouco e concluí que desse jeito não me convinha. Levar Carmelite para a minha cama era o mesmo que dizer a todos, a Fru-Fru e aos meus irmãos — meu pai tinha morrido dois meses antes — que eu aceitava a moça para valer, na qualidade de mulher e mãe dos meus filhos. E eu não queria Carmelite para tudo isso. Além do mais, eu tinha feito planos de me mudar para Port-au-Prince, já que estavam mortos meu pai e meu segundo pai, isto é, Papá Crapaud, nada mais me retinha em Jérémie. Ou melhor, uma só coisa me retinha, uma coisa que eu ainda não compreendia, que ainda era um segredo no meu coração.

Ao que tudo indica, naquela mesma hora, debaixo daquele mesmo sol do cemitério, Jean Pierre também havia sentido ganas de agarrar Carmelite, e ela lhe disse o mesmo que tinha me dito. Mas meu irmão não era experiente, e talvez aquele cheiro de defunto lhe houvesse virado a cabeça, não sei, o certo é que mordeu o anzol e no dia seguinte a garota amanheceu na cama dele, a família inteira festejou e Fru-Fru me levou para um canto e me avisou que a partir daquele momento eu não podia tocar na minha cunhada. Carmelite era já minha cunhada. Também Paul não podia encostar um dedo nela. Ele era o mais novo da ninhada de minha mãe, um garoto abusado, tinha se acostumado a agarrar Carmelite e beliscar o traseiro dela diante de todo mundo, ela tentava se soltar, mas ele segurava a garota com força e dava beijos em sua boca. Era uma espécie de brincadeira, mas uma brincadeira perigosa, pois Paul foi o único que não se conformou com a perda de Carmelite. Primeiro teve com ela um tremendo bate-boca, depois lhe deu uma surra, e aí entrou em cena Fru-Fru, entrou em cena Jean Pierre, todos gritamos naquele dia. Carmelite chorou e Paul jurou pela alma de nossa mãe que ia embora de casa, mas o fato é que não foi.

Como já deu para perceber, tudo isso começou a germinar no enterro de Papá Crapaud, sem falar de outras coisas em que o senhor não ia acreditar. Quando terminamos de jogar as pétalas em cima do caixão, Ganesha me pediu que fosse viver com ela, e eu tive ganas de dar-lhe uma cuspida. Olhei para o homem de Léogane, que nos olhava de longe, tentando adivinhar o que eu e Ganesha dizíamos.

— Não quero que me roubem — eu disse.

Ela se atirou a meus pés, se pôs a chorar e a se lamentar.

— Volte para Guadalupe. Vá viver com a sua porcalhada.

Papá Crapaud ficou lá, muito bem sepultado. A morte sempre ganha quando Deus não se opõe a ela. Cada um de nós saiu para seu lado, e eu fui de consciência limpa: tinha costurado os lábios do defunto e amarrado uma faca em suas mãos, fiz isso muito rápido, para que o cura de Jérémie não viesse a saber. O cadáver de Papá Crapaud estava a salvo: nem o homem de Léogane nem os seus cupinchas iam poder tirar o velho do seu sono; não iam ter como

roubar os seus ossos; nem como arrancar os seus dentes; nem tirar o pedaço de pele que envolvia o pecado dele. No dia seguinte fui olhar a sepultura e vi que a terra estava revolvida. Minhas suspeitas tinham fundamento e isso me deixou satisfeito, é nas cinzas de outro que um homem prova aquilo que é, e nas de Papá Crapaud eu provei o que devia. Apanhei um bocado daquela terra e dei um beijo nela, esfreguei aquela terra em minha cara e na minha cabeça. Um pouco daquela terra caiu nos meus olhos, entrou na minha boca. Um pouco desceu pela minha garganta, e então me senti em paz pelo lado de dentro.
Em paz. Isto é, com a dor no seu devido lugar.

Choça de índios

NÃO FOMOS A JÉRÉMIE naquela semana, nem tampouco na semana seguinte. Fomos em uma terça-feira, vinte dias mais tarde, depois que me examinou um médico recomendado pela embaixada, um haitiano já maduro, baixinho e um tanto rude, que apertou-me os ossos e me auscultou durante um bom tempo. Também colheu amostras de sangue, e com os resultados na mão veio me dar alta. Minha recuperação foi mais demorada do que se esperava, devido a uma inchação, uma espécie de tumor verde-escuro na linha do joelho, uma bolota dura e dolorida, que durante muitos dias se recusou a ceder. Aproveitei esse período para colher informações acerca das espécies mencionadas por Thierry. *Osteopilus dominicencis* era o nome científico de uma variedade de sapo bastante comum na Hispaniola. Podia ser branco, caso em que o chamavam de *crapaud blanc*, ou podia ser marrom, caso em que o nome mudava para *crapaud brun*. Aquele que no Haiti se conhecia como *bilan* era nada menos do que o *Diodon holacanthus*, um desses peixes recobertos de espinhos, também conhecido como peixe guanábana. Quanto ao *crapaud du mer* acabei por descobrir que se tratava do *Sphoeroides testudineus*, a espécie mais venenosa destes mares.

Uma tarde fui visitado por um homem que veio na companhia do gerente do hotel: disse que era da polícia e me pediu detalhes do ataque, perguntando-me se suspeitava de alguém ou se pretendia fazer alguma denúncia. A prudência me mandou dizer-lhe que de quase nada me lembrava e que tampouco suspeitava de alguém. Tudo que eu desejava, acrescentei, era recuperar-me para ir a Jérémie, e de maneira indireta o fiz saber que não voltaria ao Mont des Enfants Perdus.

O homem pareceu satisfeito, prometendo que a investigação continuaria e que me manteriam informado; o gerente do hotel limitou-se a inclinar a cabeça, era um mulato distinto e sussurrante, que não pretendia imiscuir-se no que não era de sua conta. Quando saíram, resolvi telefonar para Martha. Vinha buscando, para isso, o momento apropriado, era véspera do Ano-novo, uma data que me intimida e que mortalmente detesto, e sendo assim me senti com ânimo para pedir aquela chamada. Demoraram mais de um quarto de hora para completar a ligação, e quando finalmente ouvi sua voz, algo muito estranho aconteceu, me senti momentaneamente confuso, disse "sou eu" e perguntei com quem estava falando, ela me reconheceu de imediato e teve sangue-frio para esperar e ficar em silêncio. "Sou Víctor", disse-lhe, forçando a voz. Ela não falou imediatamente, primeiro temperou a garganta: "Você é um fantasma, finalmente aparece."

Contei-lhe a história do roubo das cartas e do relatório para Vaughan Patterson, e à medida que falava, percebia que minhas palavras iam se tornando um tanto falsas, como se eu estivesse inventando algo para me desculpar, uma história absurda, em que eu mesmo tinha dificuldade de crer. Não lhe falei do ataque, até que gostaria de tê-la preocupado, mas no seu todo o episódio era humilhante, e eu não tinha certeza do efeito que causaria nela. Martha esteve um momento sem falar, suponho que me ouvia, até que a certa altura interrompeu: "Escuta, tenho algo para te dizer." Agora era a minha vez de emudecer, senti que aquele inchaço no joelho começava a latejar, movi a perna, o latejo desapareceu. "Te escrevi uma carta", ela continuou, "quero saber para que endereço posso enviá-la." Esperei uns segundos, pensei em pedir-lhe que me dissesse logo de que se tratava, que dissesse pelo telefone, uma facada só, rápida e precisa. Respondi-lhe, no entanto, que me hospedava no Hotel Oloffson, mas dentro de alguns dias estaria viajando para Jérémie; o melhor era que me escrevesse aos cuidados da embaixada, dei-lhe o endereço e ela o repetiu para que não restassem dúvidas. Em seguida me passou vários recados que colegas meus haviam deixado com ela, Patterson também havia telefonado, estava tentando me localizar, mas Martha não tivera muito como ajudá-lo: "Disse-lhe que nada sabia a teu respeito." Nesse ponto a conversa esmoreceu, e terminou tão bruscamente como havia começado, sem que nos felicitássemos pelo novo-ano, nenhum dos dois quis mencionar a data, teria sido demais. Depois de desligar, fui invadido por uma espécie de vergonha, ou de coragem surda, arrependia-me de não lhe ter perguntado com todas as letras aquilo que devia perguntar. Era um daqueles casos em que o homem sente necessidade de conhecer determinados detalhes. Levantei o fone para ligar novamente, mas logo o repus no lugar. Era um daqueles casos em que o homem necessita manter-se totalmente controlado.

Quando finalmente voltei a ter condições de andar, Thierry já havia localizado o Dr. Emile Boukaka, médico cirurgião e herpetólogo amador. Meses atrás eu tinha lido em *Froglog* um dos seus artigos sobre o declínio de anfíbios, e embora se tratasse de um trabalho curto, fichei-o e decidi escrever ao autor. Não podia, então, imaginar que teria oportunidade de conhecê-lo em Port-au-Prince. Mandou-me, por intermédio de Thierry, seu cartão de visita, confeccionado em cartolina cinza com letras impressas em azul-chumbo, telefonei-lhe e marcamos um encontro.

Um dia antes de viajar para Jérémie fui até a Rue Victor Severe 77, uma casa de adobes sem nenhuma indicação à vista. Só num segundo plano, a que se chegava depois de subir uns tantos degraus de cimento mal moldado, um cimento que não fora polido e arranhava a sola dos sapatos, havia uma placa: EMILE BOUKAKA, CONSULTÓRIO. Toquei a campainha e fui atendido por uma jovem bem arrumada, que me levou direto à sua mesinha, e ambos permanecemos de pé enquanto ela procurava meu nome em uma velha agenda. Em seguida pediu que me sentasse. Naquela hora não havia pacientes, e como também não havia revistas nem jornais à mão, concentrei-me em um cartaz sujo de mofo, que pendia da parede exatamente diante de mim:

> *Toad, that under cold stone*
> *Days and nights hast thirty-one*
> *Swelter'd venom sleeping got,*
> *Boil thou first i' the charmed pot.*
>
> [Sapo que trinta e uma noites e dias
> passaste embaixo da pedra fria

*guardando teu veneno adormecido,
ferve teu néctar antes de ser servido.]*

Junto ao letreiro havia uma espécie de quadro de avisos, com muitos cartões-postais fixados na sua superfície de cortiça. Aproximei-me a fim de vê-los, vinham de toda parte, na maioria da França, mas também de lugares inesperados, Bombaim, por exemplo, Nagazaki, Buenos Aires e até Bafatá da Guiné-Bissau. A secretária havia me deixado só, e por curiosidade me pus a despregar alguns: continham lembranças, felicitações, ou simplesmente informações relacionadas com o desaparecimento de algum anfíbio. Mas um dos postais me despertou mais interesse do que os outros: debaixo de uma coberta de palha cozinhavam três mulheres indígenas, nuas e de cócoras; atrás delas, também nu, um ancião olhava desconfiado para a câmara. O postal parecia muito antigo, e fora colorido à mão; em um canto, impresso em letras bem pequenas, lia-se o seguinte: "Choça de índios, Beni, Bolívia."

No verso, umas poucas linhas escritas em um misto de inglês e francês:

"*De Pérou, une photo de mes chers antropophagos.
Kisses to Duval, is he stile in Port-au-Prince?*"
[*Do Peru, uma foto dos meus queridos antropófagos.
Beijos para Duval, será que ainda mora em Port-au-Prince?*]
Assinavam duas iniciais: C. e Y.

Procurei, mas não encontrei nenhuma data, repus o cartão em seu lugar, e nesse momento fui surpreendido por uma voz sedosa, quase feminina:

— E então, para onde estão mandando as nossas queridas rãs?

Eu pensava que Emile Boukaka fosse mulato, ninguém me havia dito nada, mas era assim que o imaginava: um mestiço alto, de óculos, mais desgracioso, menos rechonchudo e menos tropical. Boukaka vestia uma camisa verde com hibiscos, e era negro retinto, de um negrume intenso, a pele dos seus braços brilhava como a dos nativos da África. Tinha barba e cabelos levemente acobreados, e uma enorme cara redonda e achatada, uma cara de tortilha mexicana (ou boliviana?), batida pelas mãos de índias nuas. Dentro do círculo imóvel daquele rosto, nariz, olhos saltados, a boquinha pequena, de lábios grossos e meio retorcidos pareciam dançar.

— Vamos ficar sem elas — acrescentou. — Sei que está procurando a *grenouille du sang*.

Sorri, e Boukaka me acenou para que o seguisse. Levou-me por um pequeno corredor repleto de fotografias noturnas, reconheci algumas espécies, eram anfíbios, na maioria amazônicos. Em seguida entramos em um cubículo pintado de amarelo, ali havia mais fotos, deteve-me diante de uma imagem imponente, agigantada, púrpura: era o *Eleutherodactylus sanguineus*.

— Ou vão embora ou então se escondem — ele insistiu.

— Ou simplesmente se deixam morrer. Nada está claro, ninguém quer falar.

— Eu quero. Vim falar com o senhor.

Mostrou-me uma cópia do estudo ao qual já havia dedicado muitos anos de trabalho. Apanhou novas fotografias, abriu um armário e me mostrou quinze ou vinte rãs conservadas. A *grenouille du sang* não estava entre elas, embora Boukaka afirmasse tê-la visto muitas vezes quando menino e que, mais tarde, em sua juventude, havia capturado uma. Seu pai, que também tinha sido médico e estudioso de batráquios, costumava levá-lo em suas expedições ao Mont des Enfants Perdus. Mas isso fora em outros tempos, antes que o lugar se tornasse o inferno que veio a ser mais tarde.

— Hoje ninguém se atreve a subir aquele monte — acrescentou.

— Pois eu me atrevi — respondi-lhe com uma certa ironia. — Eu e o guia que trabalha comigo. Chama-se Thierry Adrien e trabalhou com Jasper Wilbur uns trinta anos atrás.

— Esse Thierry... — Boukaka murmurou, sem terminar a frase. — Wilbur não conheci, mas foi muito amigo de meu pai. Morreu de repente e coube a meu pai ir a Jérémie recolher suas coisas.

Estive a ponto de perguntar se conhecia as circunstâncias da morte de Jasper Wilbur, mas resolvi não distraí-lo nem mudar de assunto. Falei-lhe então do monte Casetaches, discutimos um bom tempo a possibilidade de lá encontrar o *Eleutherodactylus sanguineus*, nem que fosse apenas um punhado de indivíduos, me conformava em levar uma única rã, só para cumprir meu trato com Vaughan Patterson. Boukaka negava com a cabeça e eu tentava convencê-lo do contrário. Tinham afirmado, por exemplo, que o sapo de Wyoming havia desaparecido. O Dr. Baxter, seu descobridor, foi o primeiro a soar o alarme, e em oitenta e três seus auxiliares já admitiam que não tinham mais nada a fazer, e que também não havia outro lugar onde procurá-lo. Eu mesmo o havia incluído no meu arquivo de espécies extintas. Ali o mantive até o verão de oitenta e sete: naquela altura, um pescador o viu em uma lagoa ao sul de Laramie. Na verdade, tratava-se apenas de uma colônia e, ao todo, creio que não chegavam a uma centena. Mas não havia dúvida de que se tratava do *Bufo hemiophyrs*, o animal favorito de Baxter. Conta-se que o homem chorou ao vê-lo novamente.

— Sabe o que dizem os camponeses da ilha de Gonave? Boukaka deu uma volta pelo cômodo e parou exatamente atrás de mim, e sem olhar diretamente para a cara dele eu tinha dificuldade em ouvir e compreender o que dizia com aquele seu fio de voz agudo e musical.

— Dizem que Agwé Taroyo, o deus das águas, chamou as rãs para descerem ao fundo e permanecerem por lá durante algum tempo. Dizem que foram vistas quando partiam: animais de água doce entram pelo mar adentro, e as que não têm tempo nem força para chegar à reunião cavam buracos na terra a fim de esconder-se, ou vão morrendo resignadas pelo caminho.

Boukaka reapareceu com um cachimbo na boca, mas o cachimbo estava apagado, sentou-se novamente diante de sua mesa de trabalho e começou a enchê-lo de tabaco picado.

— Parece absurdo, não?... Bem, mas uns pescadores de Corail, que estavam recolhendo suas redes perto da Petit Cayemite, informaram que haviam retirado da água centenas de rãs mortas, e que em seguida rumaram para a praia, uma prainha rochosa daquela ilha, e encontraram os pássaros devorando outros milhares de rãs. Isso foi há duas semanas.

O aroma que vinha do cachimbo era muito forte, parecia o de canela, misturado com outra emanação que não pude identificar: talvez a do anis, talvez a da menta, tive a intuição de que era a do eucalipto.

— Sabe o que diz uma canção vodu que cantam para saudar Damballah Wedó?

Neguei com a cabeça, pensei que a voz sedosa de Boukaka era uma voz de realejo. Eu não ia com a cara dele, nem com a sua barriga de motorista de ônibus, nem com a barba de meia dúzia de pêlos, uma barba raquítica, que certamente desde muito havia parado de crescer.

— Damballah é uma divindade silenciosa, a única divindade muda de todo o panteão. A canção diz assim: "Sapo, dá tua voz à serpente, as rãs te mostrarão o caminho da lua, e assim que quiser Damballah, a grande fuga começará."

Boukaka baixou a cabeça, parecia exausto, eu próprio começava a me sentir mareado com o cheiro que vinha de seu cachimbo.

— E a grande fuga já começou — ele garantiu. — Vocês inventam desculpas: a chuva ácida, os herbicidas, o desflorestamento. Mas as rãs estão desaparecendo de lugares onde nada disso existe.

Perguntei-me a quem estaria se referindo quando dizia "vocês". Vocês, os herpetólogos profissionais? Ou vocês, os que realizavam seus congressos em Canterbury, Nashville, Brasília; que os realizavam a portas fechadas e deles saíam mais perplexos do que haviam entrado? Finalmente, vocês pessoas medrosas e empedernidas, incapazes de olhar para o lado obscuro, insubmisso e certamente atemporal do declínio das espécies?

— Eu não tenho nenhuma explicação — disse-lhe. — Ninguém sabe o que está realmente acontecendo.

Gastamos um bom tempo falando de outras espécies, fiz um esforço para deglutir de modo natural a enorme quantidade de dados que Boukaka me proporcionava. Deixou-me espantado com a sua capacidade para o detalhe, sua precisão, poderia dizer mesmo a sua sabedoria. Na despedida me apertou a mão; estive a ponto de dizer-lhe que o achava parecido com um músico famoso, levei tempo tentando descobrir com quem era a semelhança, e quando olhei para os seus olhos achei-o parecidíssimo com Theolonius Monk. Embora não tivesse nada a ver com a história, lembrei-me de uma composição pouco ouvida de Theolonius: *"See you later, beautiful frog"* [*Até à vista, rãzinha linda*].

— Tudo que aprendi, aprendi nos livros — Boukaka disse antes de fechar a porta. — Mas o que sei, tudo que sei, eu mesmo extraí do fogo e da água, da água e da candeia: uma apaga a outra.

Naquela nublada terça-feira de meados de janeiro, quando afinal viajamos para Jérémie, eu ainda não havia recebido a carta anunciada por Martha, mas não tinha nenhuma dúvida sobre o que me diria nela.

Enquanto dirigia, Thierry me contava uma história de amor, os dedos crispados no volante e os olhos fitos na estrada, que era pouco mais do que uma trilha poeirenta e repleta de buracos. Falava em um tom muito doce, e sua voz parecia vir de uma pessoa menos idosa. De repente, disse algo que me impressionou: um homem nunca sabe quando começa a tristeza destinada a durar para sempre. Olhei-o, e percebi que uma lágrima lhe descia pelo rosto.

— Nem a tristeza nem a alegria — comentei baixinho.

— Um homem nunca sabe de nada, Thierry, e é isso o que o apavora.

Estudos realizados a partir de 1989 indicam que três espécies de rã do tipo *Eleutherodactylus* desapareceram de todas as florestas tropicais de Porto Rico.

Eleutherodactylus jasperi (sapinho dourado), *Eleutherodactylus karlschmidti* (sapinho palmado) e *Eleutherodactylus eneidae* (sapinho de Eneida) são considerados extintos.

Eleutherodactylus locustus (sapinho duende) e *Eleutherodactylus richmondi* (sapinho de Richmond) encontram-se sob grave ameaça de extinção.

Julien

ESTE SEGREDO QUE GUARDO em meu coração me foi revelado na noite em que anunciei minha mudança para Port-au-Prince. Meu irmão Jean Pierre mostrou-se muito triste, disse que só não iria comigo por causa da Carmelite e do filho que estavam esperando. Fazia meses que meu outro irmão, Paul, andava transtornado, e eu imaginava que tudo que ele queria era que eu fosse embora, eu não discutia com Carmelite, eu nem sequer olhava para ela, a barriga dela começou a crescer e Paul bebeu o seu copo de fel. Barriga de mulher alheia é sempre um pedaço pertencente a outro.

Quando chegou aos treze ou quatorze anos, Julien, o filho que meu pai havia tido com Fru-Fru, deixou de brincar de "*macoutes* perdidos" a fim de se juntar com os *macoutes* de carne e osso e converter-se em um deles. Como aparentava ter mais idade do que tinha realmente, mentiu para poder entrar no exército. Chegava em casa depois da meia-noite e se levantava ao sol raiar, falava pouco com sua mãe, um pouco menos com Carmelite, sua meio-irmã, e quase nada com o meio-irmão Jean Pierre. Assim ele passou a parecer ainda mais um estranho do que já parecia, meio-irmão de todos, meio-filho de sua própria mãe, porque foi criado pela minha.

Fru-Fru quis saber quando eu pretendia deixá-los e lhe respondi que dentro de três ou quatro dias. Ofereceu-se para lavar minha roupa e de passagem perguntou se a mulher de Papá Crapaud também ia comigo. Jean Pierre me deu uma cotovelada, Carmelite começou a rir e Paul me olhou preocupado, esperando sabe-se lá que resposta.

— Não gosto de mulheres dos amigos — respondi. — E muito menos daquela cobra venenosa.

Ao que me pareceu, Fru-Fru não acreditou inteiramente na minha palavra. Meu pai lhe havia falado da minha doença, curada por Divoine Joseph, e todos souberam que eu havia pego a doença de Ganesha. Jean Pierre me deu outra cotovelada e disse que em Port-au-Prince eu podia trepar até ficar cansado, pois lá o que sobrava era mulher. Fru-Fru lembrou que estávamos comendo, e que porcarias a gente deixava para falar na rua, então se ofereceu novamente para lavar minha roupa, naquele momento me lembrei da mochila que ela havia arrumado na noite em que meu pai me mandou buscar a mulher do Casetaches. E também tinha lavado minha roupa quando voltei daquele monte; limpou meus sapatos manchados de sangue; remendou minha camisa, primeiro lavou e depois costurou, nela estava grudado aquele suor amargo, o suor do medo. Olhei para Fru-Fru e pela primeira vez vi o que ela sempre tinha sido: uma boa mulher.

Naquela noite Julien chegou antes da hora de costume e disse que no dia seguinte seria levado para Gonaïves e tinha de arrumar a mochila com suas coisas. Ninguém se atreveu a perguntar quem ia levar Julien para tão longe, nem o que ia fazer por lá. Sendo o mais moço, Julien parecia ser o chefe de todos nós, me lembrava muito meu pai quando chegava de suas caçadas, os dois tiravam da gente a vontade de falar. Soube mais tarde que Fru-Fru, embora fosse sua mãe, não tinha muita confiança nele, não conheceu nunca o filho por dentro, e isso é uma coisa que sempre dá medo.

Quando todos se deitaram e a casa ficou em silêncio, levei minha roupa suja para o quarto de Fru-Fru. Ela estava preparando a mochila com a roupa de Julien, e eu fiquei ali, vendo como dobrava umas duas ou três mudas. Pelos seus gestos pude ver que não botava amor naquele trabalho, estava muito cansada, ou talvez muito triste, de repente levantou a cabeça e perguntou a Julien, em voz alta, onde havia enfiado seus lenços. Julien dividia com Paul um quarto ao lado, separado pelo tabique levantado por meu pai quando Fru-Fru veio morar em nossa casa.

Não respondeu, devia estar dormindo. Fru-Fru encolheu os ombros, em seguida amarrou o fecho e deixou a mochila no chão. Eu estava atrás dela, com toda a minha roupa nos braços, quando vi como se inclinava me lembrei de outra coisa, me lembrei das vezes que eu tinha visto Fru-Fru dançando naqueles banquetes organizados por Yoyotte Placide. Na última vez que havia dançado deixou a blusa se abrir, e então as outras mulheres acudiram a fim de cobrir-lhe o corpo, ela caiu no chão e seu ventre começou a saltar como se dentro dele houvesse um animal ainda novinho. Jean Pierre e eu, que naquela ocasião tínhamos por volta de nove anos, passamos muito tempo falando dos peitos de Fru-Fru, da maneira como eles haviam saltado da blusa. Depois ficaram esquecidos, até que naquela noite foram subitamente lembrados, ela tirou a roupa suja dos meus braços, jogou tudo em cima da cama. Ali as roupas foram espalhadas e começaram a ser separadas pelas cores, as camisas de cores vivas eram separadas das camisas brancas. Ela estava novamente de costas para mim, talvez pensasse que eu já havia saído, me aproximei sem fazer barulho, abracei Fru-Fru como se quisesse lhe partir a cintura, e comecei a beijar sua nuca. Fru-Fru disse me deixa, me disse baixinho para que Julien e Paul não nos ouvissem; baixinho demais para que eu a deixasse de verdade. Senti que se entregava, virei seu corpo para mim e beijei-lhe na boca, empurrei Fru-Fru para a cama e sussurrei que me lembrava dos seus peitos, ela se levantou e abriu a blusa, sentou-se em cima de mim, segurou os peitos com as duas mãos, me mostrando. Eram os peitos do banquete, os mesmos que tinham saído da blusa durante a dança e que as primas às pressas foram cobrir, os mesmos que haviam provocado a fúria de minha mãe e o deslumbramento na cara de Yoyotte Placide.

Aquele era o grande segredo escondido no meu coração, eu soube assim que Fru-Fru tirou suas mãos e o lugar foi ocupado pelas minhas, suspirei tão alto que ela disse para eu me calar, naquela casa sempre se ouvia tudo: os suspiros de meu pai, quando traquinava com minha mãe; os suspiros de meu pai quando traquinava com Fru-Fru; e ultimamente os suspiros de Jean Pierre quando traquinava com Carmelite — e também os de Paul, pois mais do que qualquer outro ele era atormentado por aqueles suspiros.

Das mulheres nunca se ouviu nada. Nem mesmo naquela noite, nem mesmo de uma Fru-Fru que andava tão carente de varão. Sua boca só se abria para me beijar ou para ser beijada.

Terminamos bem tarde e Fru-Fru não tornou a dizer me deixe. Dormiu um pouco e fiquei ao seu lado, pensando que estranho era o mundo, pensando no que teria pensado meu pai se chegasse naquele momento e me visse, na

sua própria cama, gozando a mãe de seu filho, o último da sua fornada.
Perto do amanhecer, mas sendo ainda de noite, acordei Fru-Fru. Ela murmurou alguma coisa e me abriu os braços, neste mundo não há nada melhor para um homem do que comer uma mulher adormecida. Ou meio adormecida. Não sei com que estava sonhando, mas dessa vez foi ela quem suspirou tão forte que tive de tapar-lhe a boca. Tapava, destapava, e numa dessas ocasiões me mordeu a mão, me mordeu entre sonhos e suspirou ainda mais forte, acho que gritou. Pensei em rezar para que ninguém nos escutasse, mas a gente não reza quando está nu, e muito menos quando está dentro do ventre de uma mulher. Em seguida ficamos quietos, não dava mais para dormir, e eu estava querendo me levantar quando Julien entrou. Vinha apanhar sua mochila e parou diante da cama, trazia uma lanterna e com ela me alumiou a cara, pôs a lanterna entre nós dois e ficamos nos olhando. Era idêntico a meu pai, tinha o cheiro dele, tinha a mesma boca, aquela boca que só se abria para falar. Não disse uma palavra, baixou a lanterna e apanhou sua mochila, Fru-Fru estava adormecida e nunca soube que o filho nos tinha visto nus e abraçados, entrelaçados em cima de minha roupa suja, as camisas de cor misturadas com as camisas brancas.
Diante de Jean Pierre e Carmelite, e diante de meu irmão Paul, continuamos dissimulando. Uma noite, ao jantar, disse que ficaria mais duas semanas a fim de esperar um amigo que também queria se mudar para Port-au-Prince. Todas as noites, quando a casa ficava às escuras, eu corria para a cama de Fru-Fru, e se já era tarde ela reclamava, ou fingia que estava dormindo, sabia que eu gostava de acordar mulher.

Naquela mesma ocasião veio a Jérémie meu irmão Etienne; estava a caminho de La Cahouane, em busca de madeira para a carpintaria de seu sogro. Almoçou conosco, brincou com a barriga de Carmelite e convidou Paul para ir com ele a La Cahouane e em seguida a Coteaux. Ofereceu-lhe trabalho na carpintaria e Paul disse que sim. A mim perguntou no que ia trabalhar em Port-au-Prince, respondi no que aparecesse, então ele passou o braço por cima dos meus ombros, e como se estivesse sabendo de tudo comentou que eu não devia levar Fru-Fru até conseguir um bom trabalho. Eu disse que Fru-Fru não ia comigo, mas disse olhando para outro lugar. Etienne calouse e não tocou mais no assunto. Mas durante muito tempo a idéia ficou dando voltas em mim, e disso não falei nem mesmo a Fru-Fru, com ela só falava das minhas coisas, e quando falava tinha de ser em voz bem baixinha, ou quando ficávamos sozinhos, coisa que quase não acontecia, porque Carmelite sempre estava no meio, queixando-se do peso da barriga, queixando-se do marido Jean Pierre e todos nós naquela casa. Com a ida de Paul passou a se queixar mais ainda, agora não tinha a quem provocar.

Para mim e Fru-Fru era conveniente que o mais novo da ninhada de minha mãe fosse embora com Etienne, sem Julien e sem Paul do outro lado do tabique a gente podia falar na cama e suspirar sem medo de ser ouvida. Comecei a ficar com Fru-Fru até de manhã e um dia Carmelite entrou e nos viu juntos, eu dormia abraçado com sua mãe, e ela acordou Fru-Fru para lhe pedir seu remédio. Fru-Fru afastou meu braço para poder se levantar e ajudar com o remédio, mas em seguida voltou para a cama e pôs meu braço onde estava antes, isso queria dizer que não se importava mais que a filha nos visse. Também queria dizer outra coisa: o fato de eu amanhecer ao seu lado e todo mundo saber disso me obrigava em definitivo a fazer dela minha mulher. Assustado, fiquei duro na cama, e Fru-Fru se mostrou muito submissa, pois sabia o que eu estava pensando, se grudou em mim e naquele dia nos levantamos tarde.

Quando voltou, Julien veio a saber que seu meio-irmão Paul tinha ido embora para Coteaux, mas seu meio-irmão Thierry continuava em casa, vivendo abertamente com sua mãe.

— Você não foi para Port-au-Prince — Julien me disse.

Tinham lhe dado dois dias de licença e ele passou esse tempo metido em seu refúgio, fumando muito e bebendo uma garrafa atrás da outra, evitando ir para a mesa com a família. Uma tarde dois homens foram procurar Julien, afastaram-se de casa para conversar, ele havia se tornado misterioso, dava para ver que tinha crescido.

Três ou quatro dias depois soubemos da matança. Em Gonaïves haviam aparecido trinta e dois cadáveres numa sepultura que tinha sido mal aberta e pior fechada. Viram os cães levando os pedaços de carne e seguiram seus passos até topar com um amontoado de braços e cabeças. Sete dos trinta e dois eram mulheres, e não tinham mais barriga.

— Julien está metido nisso — disse Fru-Fru.

Mas nunca se atreveu a lhe fazer uma pergunta. Pouco depois, no local onde trabalhava, disseram a Jean Pierre que os *macoutes* responsáveis pela morte de tanta gente haviam saído de Jérémie, e que depois tinham passado algum tempo em Port-de-Paix, procurando outras pessoas que também deviam matar, mas que não foram encontradas.

Como estava acabando o dinheiro que eu havia ganho de Papá Crapaud, Jean Pierre me conseguiu um trabalho no armazém em que era empregado desde muitos anos. O trabalho era de motorista de caminhonete, eu saía cedo, recolhia as mercadorias nos povoados costeiros, e à noite, depois de descarregar os volumes, levava a caminhonete para casa, de onde saía na manhã seguinte. O dono do armazém sabia que minha casa era também a casa de Jean Pierre e por isso tinha confiança em mim.

Certa manhã saí para Cayes, lá devia esperar uma carga que chegaria por mar, vinda de Jacmel. O embarque atrasou algumas horas e quando voltei para Jérémie era quase meia-noite, Jean Pierre esperou no armazém para descarregar os volumes, e em seguida voltamos juntos para casa. Já perto de casa fomos detidos, dois homens de uniforme nos fizeram sinais para que descêssemos da caminhonete. Descemos quase ao mesmo tempo, Jean Pierre por uma porta e eu pela outra; começava a tirar meus documentos quando me agarraram pelas costas, Jean Pierre também foi agarrado, mas metido de volta na caminhonete e proibido de sair. Me levaram para um lugar meio afastado, me cercaram embaixo de uma árvore, de frente para um descampado, e me bateram, me chutaram a cabeça, me pisaram nos ovos. Pode imaginar o que sente um homem quando lhe pisam nos o-vos? Nos ovos está a dignidade do homem, ou pelo menos era assim que pensava Papá Crapaud.

Quando se cansaram, me deixaram estirado em um monte de pedras, acenderam seus cigarros e foram embora de jipe. Então Jean Pierre veio me ajudar, recolheu os frangalhos que haviam restado de seu irmão, me botou na caminhonete como se eu fosse uma carga, do mesmo modo que o marido havia feito com a mulher que eu tinha apanhado no Casetaches, e ao chegar em casa chamou Fru-Fru para lhe dar ajuda.

Eu me achava muito estonteado para falar, e foi Jean Pierre quem lhe contou o que havia acontecido comigo. Senti apenas que tiravam minha roupa, me davam um banho com álcool e me aplicavam compressas, frias e quentes, que davam uma infusão espessa com gosto parecido com o de tabaco. Alguém, no caso Carmelite, compadeceu-se de mim e botou bolsas de gelo entre as minhas pernas. Na manhã seguinte acordei pior. Todas as dores pareciam misturadas, todas latejavam ao mesmo tempo e em lugares diferentes, a cabeça girava, mas tudo isso foi um motivo a mais para que eu me levantasse na hora de sempre. Cheguei à mesa arrastando os pés e desabei numa cadeira. Jean Pierre e Carmelite não se sentaram, pararam diante de mim para olhar minha cara, devia ser a cara de um fantasma. Já Fru-Fru se sentou, mas em uma cadeira da qual não me olhava, tinha os olhos fixos na parede, olhava para aquele lugar como se visse ali sua vida inteira, tinha os olhos muito inchados, como se houvesse chorado, inchados porém secos, não estava mais chorando.

Estávamos nesse ponto quando chegou Julien. Não havia dormido em casa, ninguém me disse, mas dava para notar pela roupa, não vinha uniformizado e sua camisa estava suja e colada no corpo. Foi direto ao seu cubículo, regressou sem camisa e sentou-se à mesa. Fru-Fru levantou-se, pôs um café diante dele, mas ficou de pé ao lado do filho. Quando Julien levantou a xícara para molhar os lábios, Fru-Fru deu-lhe um soco, a xícara saiu voando, o filho olhou para ela assombrado, talvez até mesmo com medo, pela primeira vez em toda a sua vida vi Julien com olhar de criança, e nem sequer pensou em desviar-se, não imaginou que a mãe ia continuar esmurrando sua cara, o segundo soco tirou o rapaz da cadeira e o terceiro o derrubou no chão. Fru-Fru pulou em cima dele, arranhando e soqueando seu rosto, soqueou até ficar com os punhos vermelhos de sangue, do sangue de Julien. Eu não tinha forças para me mover, e acredito que Jean Pierre e Carmelite também não tinham, com o mesmo horror que um momento antes tinham visto minha cara de fantasma, viam agora como Fru-Fru enlouquecia.

Ela se levantou e foi à cozinha, Julien ficou estirado de boca para cima, não se queixava, só fazia uns ruídos com a garganta, mas deixou de fazer aquilo quando Carmelite começou a gritar, ou foram os gritos de Carmelite que encobriram os ruídos da garganta de Julien. Minha cabeça ardia, eu não podia ficar quieto na cadeira, mas então vi a mão de Fru-Fru, ela trazia uma faca naquela mão, e com o braço erguido saltou de novo em cima de Julien, e se não fosse Jean Pierre, que no último instante lhe segurou o punho, ela teria matado o próprio filho.

A faca soltou-se, e Carmelite teve o sangue-frio de apanhar aquela arma, que ficou em cima da mesa, ao lado da minha xícara de café. Alguns vizinhos vieram, atraídos pelos gritos, e a mulher que vivia na casa ao lado levou Fru-Fru para fora. Carmelite foi com ela, e ali ficamos nós, os três homens da casa, dois irmãos de sangue, Jean Pierre e eu, e um meio-irmão, seu meio-sangue salpicando o piso da sala.

Jean Pierre ajudou Julien a se levantar, ele voltou ao seu refúgio, esteve lá durante algum tempo e saiu carregando a mesma mochila que Fru-Fru havia arrumado para a sua viagem a Gonaïves. Continuava sem camisa, mas havia calçado suas botas de soldado, os cadarços estavam desatados, e talvez fosse por isso que arrastava um pouco os pés. Passou sem nos olhar e sem nos dizer uma palavra, deixou a porta aberta e saiu para o mundo.

Só tarde da noite Fru-Fru regressou, veio pela mão de Carmelite e foi direto para seu quarto. Mais do que nunca me senti na obrigação de dormir com ela, me acheguei, peguei sua mão, mas nenhum de nós dois conseguiu cair

no sono. Ela chorou até de madrugada, meu fundilho doía, minha boca ardia, e na agressão havia perdido uns dois ou três dentes. Me doía a lembrança de meu pai. Durante um mês e meio não se ouviu falar de Julien. Até que um dia, quando estava servindo sopa de peixe, Fru-Fru disse a Carmelite:
— Teu irmão está fazendo quinze anos hoje.

Ainda não consegui me esquecer daquela sopa, tinha duas cabeças no fundo e em cima uns bons pedaços de carne branca. Até hoje me parece que aquelas cabeças de peixe estão rindo.

Pereskia quisqueyana

NA ENTRADA DE JÉRÉMIE apareceu um cadáver sem rosto, pendurado em um galho de mangueira. Isso foi no mesmo dia em que lá chegamos, ao cair da tarde: as pessoas apinhavam-se na rua e logo Thierry suspeitou que se tratava de um morto, talvez de mais de um, agora quase ninguém morria só, não no Haiti, não nesta terra desolada.

Descemos do carro, e aquilo que em princípio me parecia a parte de trás da cabeça era na verdade o rosto, lhe haviam cortado o nariz e arrancado a pele do alto da testa até a ponta do queixo. O infeliz conservava a camisa — estava nu da cintura para baixo — e o enxame de moscas voejava ao redor do seu pescoço.

Thierry me disse que desde algum tempo vinham desfigurando daquele modo os cadáveres, assim não se podia saber quem tinham sido em vida, ou só se saberia quando já fosse demasiado tarde. Recordou que, quando jovem, saíra certa manhã com Paul em busca de lenha, e havia tropeçado com algo semelhante. Ou melhor, Paul viera avisá-lo de que havia encontrado uma árvore que em lugar de frutos dava sapatos velhos. Os dois foram ver o prodígio, e era verdade que havia sapatos, viam-se seus bicos negros no meio da ramagem retorcida, mas também havia umas pernas e uns corpos destroçados. Fechou os olhos do irmão para que ele não visse o restante: os rostos deformados e anônimos, sem nariz e sem a pele que os revestia.

Na casa em que Thierry tinha morado, uma casinha de madeira muitas vezes consertada, agora moravam somente Carmelite e sua filha Mireille. Fazia mais de vinte anos que Carmelite estava separada de Jean Pierre, seu cunhado Paul tinha vivido muito tempo com ela, mas também fora embora. Agora Paul vivia sozinho, embora quase todas as noites viesse jantar com Carmelite, Mireille cozinhava para seu tio e para sua própria mãe, que estava quase cega.

Não perguntei qual tinha sido o destino de Fru-Fru. Ao ver a filha tão envelhecida, imaginei que estaria morta. E estava, Thierry apanhou uma foto de cima de uma pequena mesa e passou-a para mim: era a foto meio manchada de uma mulher muito séria, uns lábios demasiadamente grossos e umas sobrancelhas bem finas, depiladas em arco. Tinha testa larga e pômulos salientes, tão salientes que lhe minguavam o olhar. Para a foto havia usado um chapeuzinho com flores e provavelmente passara batom nos lábios, mas quanto a isso não havia certeza, pois a foto era em preto e branco, mas com ou sem pintura aqueles lábios não tinham similares.

— Morreu há quatro anos — disse Thierry. — Andava um pouco desmemoriada, me via e queria saber como estava Claudine, como estavam os meninos. Me confundia com meu pai.

Pôs a foto em seu lugar, olhou-a durante alguns segundos e em seguida foi ao interior da casa, reaparecendo com duas outras fotografias.

— Este é o filho de Etienne — disse, passando-me a primeira. — Hoje é padre. E esta é minha irmã Yoyotte — passou-me a segunda foto. — A que está ao lado dela é sua filha, ainda moram em Bombardópolis.

O filho de Etienne recusara-se a olhar para a câmara, estava de perfil, a foto era pequena mas dava para se ver parte da camisa branca e da gravata escura, certamente preta. Yoyotte era miúda, diferente de tudo que se possa imaginar, parecia uma velhinha, mas na verdade era um ano mais nova do que Thierry. Em contraste, a filha era uma jovem alta e forte, cabelos curtos e eriçados, ao posar para a foto estava dando uma gargalhada, tinha passado um braço pelo ombro de sua pequena mãe e inclinado um pouco a cabeça, até juntar o porco-espinho de sua cabeça às mechas cinzentas da cabeça da outra.

Naquela noite dormi no que tinha sido o quarto de Fru-Fru, Thierry bateu com os nós dos dedos no tabique, disse que duas vezes tinha descoberto cupim e mencionou que do outro lado costumavam dormir Julien e Paul quando eram meninos e até mesmo já depois de adultos. Do outro lado, agora, o que havia era uma pequena mesa com retalhos e cortes de fazenda, uma velha máquina de costura e uma cadeira. Mireille ganhava a vida costurando, segundo Thierry era a melhor modista de Jérémie, fazia vestidos de noiva, mas ultimamente não muitos. Também costurava vestidos de primeira comunhão, e esses em número cada vez menor. Chamavam-na para vestir santos, vestia todos os santos da igreja de Jérémie. Passavam-se anos antes que tivesse de vesti-los novamente.

Paul não foi jantar naquela noite, mas apareceu para o café da manhã, antes do dia raiar, quanto terminávamos de arrumar as mochilas que levaríamos em nossa primeira expedição ao Casetaches. Era um homem ainda jovem e robusto, poderia ser tomado por filho de Thierry, embora a diferença entre os dois não fosse nem de dez anos. Depois das saudações, ele se sentou para apreciar o nosso trabalho, Mireille serviu-lhe café e ele teve para ela uma frase carinhosa, não entendi bem o que disse, mas percebi que a olhava com ternura, com um olhar indubitavelmente paterno. Em seguida voltou para onde estávamos, anunciou a Thierry a existência de novas trilhas, pelas quais poderíamos galgar mais facilmente a montanha. Fez uma pausa, bebeu de um sorvo o seu café, e comentou, em tom quase casual, que no Casetaches já havia dois estrangeiros à procura de rãs.

Thierry ergueu a cabeça, fazia algum tempo que estava de cócoras junto às mochilas, deixou tudo e foi para perto do irmão. Eu também larguei a lanterna que estava revisando e me aproximei de Paul, só então percebendo que ele havia dito algo de muito grave.

— É possível que não estejam procurando rãs, mas foram vistos apanhando uma. Também pegam pássaros e morcegos. São uma mulher, um homem e um guia.

Fez uma pausa, levou a xícara à boca novamente e fez uma cara de desgosto: na xícara só restava uma borra amarga.

— O que mais eles pegam são plantas — prosseguiu.

— Plantas espinhosas, e quanto mais espinhos tiverem melhor. A mulher tem uma câmara e retrata a floresta antes de arrancar a planta.

Botânicos, decerto. Thierry perguntou ao irmão onde os tais estrangeiros passavam a noite.

— Quando não estão na montanha, ficam em Marfranc. Os dois dormem por ali, mas o guia não. Aliás, não sei onde o guia dorme. Sei que se chama Luc e que é haitiano de Port-au-Prince ou de outro lugar, mas não de Jérémie.

Marfranc era um vilarejo quase ao pé do Casetaches, na verdade o último lugar povoado que encontraríamos antes de subir ao monte. Ali planejávamos deixar nosso veículo, o Renault vermelho-tomate que nos trouxera de Port-au-Prince, dentro dele deixaríamos parte do equipamento fotográfico e várias caixas de conserva, uma família conhecida de Thierry cuidaria dele. O plano era nos abastecermos aos poucos, ir e vir em busca de alimentos. Resolvi que a primeira expedição seria mais para reconhecer o terreno; para pesquisa e demarcação de zonas que depois seriam cuidadosamente passadas no pente fino.

Ao meio-dia chegamos em Marfranc. O casal que eu supunha de botânicos não estava ali, havia subido ao Casetaches na noite anterior e ninguém esperava que descessem antes de três ou quatro dias. Nos aproximamos da cabana que haviam alugado, estava fechada, mas descobrimos dezenas de vasos de cerâmica dispersos nas imediações, entre os quais predominavam os cactos e as suculentas, além de outras espécies espalhadas sobre pedras. Os vizinhos aproveitaram a oportunidade para informar que o interior da cabana também estava cheio delas.

Graças às trilhas indicadas pelo irmão de Thierry, subir a montanha foi mais fácil do que se esperava. Trabalhamos durante aquela tarde e no decorrer de todo o dia seguinte, sinalizando o campo e fotografando pequenas cavernas ou simples concavidades, diminutos charcos, mínimas depressões na parte mais central do monte, minúsculos vales forrados de bromélias, o habitat perfeito da rã. No terceiro dia, quando fixávamos bandeirinhas nos arredores de uma fossa onde um ancião de Marfranc recordava-se de ter visto, muito tempo atrás, a *grenouille du sang*, ouvimos ruídos e quase em seguida murmúrio de vozes. Avançamos um pouco para a esquerda e vimos primeiro a mulher, logo acima de nós, e depois o homem, e finalmente o haitiano que os acompanhava, um negro fornido que nos lançou um olhar equivalente a uma declaração de guerra. Saudamos e nos apresentamos. Um dos botânicos, o homem, era francês e se chamava Edouard; a mulher era de Iowa e se chamava Sarah. Ambos trabalhavam para o Jardim Botânico de Nova York e confirmaram que estavam recolhendo cactos, embora o francês concentrasse o interesse na polinização, por isso o tinham visto capturando insetos, pássaros e morcegos, mas nenhuma rã: podia ter sido outro animal confundido pelo irmão de Thierry.

Combinamos nos reunir no dia seguinte na cabana de Marfranc. Informei-lhes que estava procurando a pista de um anfíbio, mas não mencionei a espécie, comentaram que tinham visto poucos anfíbios, apenas alguns sapos perto da canhada que se situava no declive ao norte. A mulher se desculpou por não poder continuar conversando e foi escavar a terra, Thierry aproximou-se dela e vi que estavam trocando algumas palavras.

Naquela noite, pouco antes de nos deitarmos, ouvimos o rádio. Falaram do desfigurado cadáver que tínhamos visto na entrada de Jérémie: suspeitava-se de que fosse o de um professor, desaparecido cinco ou seis dias antes. Além de mutilarem o seu rosto, haviam cortado um dedo do cadáver, o dedo indicador da mão esquerda. Thierry garantiu que embora não se falasse disso no rádio, a ausência daquele dedo era uma espécie de mensagem.

— As pessoas de Jérémie já sabem por quem ele foi morto, e também por quê.

Lembrei-me de que na fazenda de meu pai trabalhava um homem a quem faltavam dois dedos, era um vietnamita de nome Vu Dinh, mas meu pai o tratava por Dino. Cuidava das avestruzes novinhas, e esse vinha sendo o seu único trabalho nos últimos dez anos ou mais. Depois do nascimento, as avestruzes eram muito frágeis e morriam por qualquer coisinha, às vezes deixavam a casca e durante três ou quatro dias se recusavam a comer; algumas nunca aprendiam a se alimentar; outras se entupiam, acabavam estourando de tanto comer grãos de areia. O restante das mortes ocorria por inflamação dos pulmões. Meu pai costumava dizer que em sua fazenda morriam menos pintos do que em qualquer outra do país, mas nunca houve como saber se isso era verdade. Fosse como fosse, o grande responsável pelo sucesso era o vietnamita, a quem meu pai felicitava com freqüência, dando-lhe palmadinhas nas costas.

— Lembra-se do que eu lhe disse a respeito do meu irmão Julien? — Thierry falava ao mesmo tempo em que mascava uma pequena bola de tabaco. — Ele também deixava sua mensagenzinha, sua marca na pele do defunto.

Vu Dinh, o Dino, tinha uma estranha relação, que eu sempre imaginei amorosa, com a mulher que cuidava das incubadoras. Era uma loura corpulenta, que caminhava de nádegas apertadas, como se só assim pudesse controlar o rumo de seu corpo. Eu estava lá uma tarde quando ela chegou para entregar a Vu Dinh uma caixa repleta de avestruzes recém-nascidas; informou-lhe de passagem que um deles estava coxo, deu-lhe o número — assim que saíam da casca ela fixava em cada pintinho uma pequena placa com o número respectivo —, ele o repetiu em voz baixa e continuou a repeti-lo enquanto procurava o animal: examinou-lhe as patas, soprou-lhe o bico e passou os três dedos restantes de sua mão defeituosa sobre o pulmão amarelo. Sem pensar duas vezes, torceu o pescoço da avezinha.

— A mulher de hoje de manhã — Thierry murmurou — também estava procurando marcas, mas no chão. Procurando uma plantinha que se levanta com suas duas patas quando chove. Quando vem a seca, ela se esconde, como se fosse um bicho, torna a dobrar as patas e desaparece. Minha mãe insistia que a loura corpulenta era amante de meu pai. Disse-me isso várias vezes, até que um dia passei-lhe minhas suspeitas de que na verdade era amante de Vu Dinh. Lembro-me de que ela se pôs a rir: "De Dino? Você não sabia que as mulheres não gostam de chinesinhos? Seu pai não tinha ainda te dito?" Em seguida acrescentou: "Você deve ser o único a ignorar, o marido é sempre o último a saber." Foi duro aparar o golpe, eu estava sentado junto dela, lembro-me de que me levantei um pouco aturdido e me afastei sem dizer uma palavra de despedida. Naquela noite minha mãe me telefonou para saber se eu me sentia melhor, mas nem se desculpou nem voltou a mencionar a loura, também não falou de papai (como sempre fazia), e muito menos de Vu Dinh, ou Dino, ou chinesinho, como o chamava. Antes de desligar perguntou se Martha estava em casa. Respondi-lhe que havia ido ao cinema. "Foi com a amiga Bárbara?" Não respondi, soltei o fone, deixei-o pendurado na mesa, e assim passou a noite inteira.

— O mato que essa mulher está procurando — disse Thierry, a voz quase apagada, como se falasse no meio de um sonho — só se encontra em um morrinho de Bánica, do outro lado da fronteira.

No dia seguinte voltamos a Marfranc, fomos direto em busca do Renault, apanhamos o resto do equipamento e Thierry preparou novas mochilas; pouco depois me pediu licença para ir a Jérémie, a fim de passar o resto da tarde com os irmãos. Sugeri-lhe que perguntasse uma vez mais pela *grenouille du sang*, alguém podia tê-la visto ou ouvido o seu canto.

Na mesma casa em que haviam tomado conta do Renault, ofereceram-me também uns baldes de água para o banho. Barbeei-me, e o homem que fazia as vezes de barbeiro em Marfranc, um sujeito destrambelhado de nome Phoebus, foi chamado para cortar meu cabelo. O que ele fez de modo criminoso, deixando-me com pequenas cristas em diferentes lugares do crânio, tive ganas de pedir-lhe para que me raspasse a cabeça de uma vez, mas me contive, pensando que aquelas cristas eram preferíveis a ter uma careca e aos cortes que certamente me infligiria com sua navalha.

Ao cair da tarde visitei os botânicos. Fui recebido pelo francês Edouard, que na ocasião se achava só, mas pouco depois chegou Sarah, que me estendeu sua mão áspera e me pediu que ficasse à vontade. Tive de saltar por cima de caixotes e vasos de cerâmica até encontrar um espaço vazio onde pudesse me sentar, no chão, naturalmente, pois todas as cadeiras estavam ocupadas por frascos que continham plantas conservadas, na maioria cactos.

O que primeiro fiz foi lhes transmitir a informação de Thierry: a planta que procuravam, descrita por meu guia como uma espécie de cacto comandado por controle remoto — irrompendo à superfície nos dias de chuva e voltando a enterrar-se com a seca — só podia ser encontrada nas proximidades da fronteira dominicana. Thierry era um homem da região, acrescentei, tinha experiência naquele tipo de trabalho e seus conselhos deviam ser levados em conta.

— Mas não é exatamente isso o que estou procurando — Sarah respondeu. — É complicado, por isso não quis falar com o seu guia, como se chama ele?

Deu-me café de uma garrafa térmica retirada debaixo de um monte de papéis. Estava muito amargo, e Edouard tirou do bolso uns envelopezinhos de açúcar, me ofereceu um, mas agradeci e continuei a tomar o café tal como estava.

— Estou procurando a *Pereskia quisqueyana* — Sarah acrescentou. — Trata-se de um cacto de que restam apenas três ou quatro no mundo inteiro, todos machos. Precisamos de um exemplar feminino.

Baixou os olhos, cravando a vista nos frascos que se amontoavam no chão, e aproveitei a ocasião para perguntar se fazia muito tempo que estavam no Casetaches, porém Sarah não me ouviu, ou não deu importância à pergunta.

— Alguém viu a planta por aqui — ela disse de repente, tinha unhas curtas e amarelas, e manchas de terra nas mãos, eu conhecia muito bem aquele tipo de manchas, sabia que não saíam com facilidade. — Um homem de Germont, povoadinho perto daqui, me descreveu o que poderia ser um exemplar feminino. Nenhum botânico jamais viu um, não sabemos como é a flor nem como são os frutos.

Seria uma beldade se não tivesse olhos tão fundos. Calculei sua idade entre trinta e trinta e cinco anos, ou quem sabe entre vinte e sete e vinte e oito, a pele do rosto estava muito curtida, do mesmo modo que costuma ocorrer a nós, herpetólogos, quando deixamos que o sol nos torre o nariz, a testa e a face. Sarah conservava o frescor da boca e do pescoço longo e fino, aí se concentrava o que nela ainda era jovem.

— E você, o que está procurando? — perguntou-me em tom amistoso. — Ninguém corre o risco de vir ao Haiti se não estiver procurando alguma coisa importante.

— *Eleutherodactylus sanguineus* — respondi. — É uma rã púrpura, e devem restar pouquíssimas, se é que alguma ainda resta, e vai ver são todos machos, como a tua *Pereskia*.

Não era muito alta, usava o cabelo preso, cabelo castanho e um tanto comum. Voltei a pensar que era uma lástima ter os olhos tão fundos, pensava sobretudo naquela sombra escura ao redor das pálpebras, olheiras que àquela altura já deviam ser perpétuas, que nem ao menos tinham o encanto do cansaço ou da noite maldormida. Felizmente o nariz era perfeito.

— Estou procurando essa planta há seis anos — a voz de Sarah havia ultrapassado o ponto além do qual não havia retorno, pareceu-me quase desesperada. — Pesquisei na Dominicana, pesquisei na fronteira, estive na ilha da Gonave, revirei essa ilha palmo a palmo. Fui à Petite e à Grande Cayemite. E alguma coisa me diz que é aqui que ela está.

Olhou para o francês que permanecera o tempo todo calado, ouvindo-nos e saboreando o seu café. Não sei por que teve de olhar para ele antes de dizer o resto:

— Algo me diz que está aqui. E daqui não sairei sem ela.

Mais ou menos em 1930, exploradores e alpinistas perceberam a existência de um pequeno anfíbio, de estranhos hábitos noturnos, então abundante na Sierra Nevada de Santa Marta, no noroeste da Colômbia, em altitudes acima de 3.500 metros. Tratava-se do único animal do mundo que "parecia" congelar-se durante a noite e "ressuscitar" com o degelo da manhã.

Caída de costas na água, com sua minúscula boca aparecendo na superfície, a *Rana carreki* ficava imobilizada embaixo do gelo, e seus sinais vitais diminuíam ou cessavam totalmente, sem que isso causasse dano aos órgãos internos.

Durante os anos oitenta os herpetólogos foram informados de um substancial declínio do número de rãs observadas nos charcos da Serra. Em 1992, o alpinista que levava a missão de recolher um exemplar da rã desceu a montanha de mãos vazias. Em 1993 realizou-se uma nova busca, sem nenhum resultado.

A *Rana carreki* é completamente preta. Os que a viram garantem que de sua pele se desprende um brilho prateado.

Segredo e grandeza

CAMERÚN. Era assim que o homem se chamava. Ou pelo menos era como ele próprio dizia chamar-se. Conheci Camerún na minha primeira viagem a Port-au-Prince, Jean Pierre e eu acabávamos de completar dezesseis anos, juntamos uns trocados e tomamos um barquinho que ia de Jérémie para a capital, parando um pouco em Grand Goave, parece que normalmente fazia uma parada naquele lugar. O barquinho se chamava *La Saucisse* [A Salsicha], não era um nome comum para embarcação, talvez pelo fato de andar sempre cheio, com todos apertados dentro dele, o dono tenha decidido lhe dar esse nome. Jean Pierre levava na mochila duas camisas limpas, uma para ele, outra para mim, estávamos indo para nos divertir, conhecer mulheres — até aquela ocasião só tínhamos trepado com Carmelite — e visitar nosso amigo Jean Leroy, um tripulante de escuna que morava em Cité Soleil. Foi na casa de Jean Leroy que conhecemos Camerún. E também a mulher dele, mas apenas de raspão. Dizia que seu nome era Azelma, era mulata clara, tinha olhos de sono, andava sempre com um iguana no ombro e falava como se tivesse a ponta da língua costurada no céu da boca.

Camerún trabalhava com carnes. Tinha fama de ser um bom magarefe, faziam apostas para ver quem era capaz de matar, esfolar, esquartejar e retalhar uma vaca em menos tempo. Ele quase sempre ganhava, tinha braços de touro, mãos peludas e cheias de cicatrizes, era com aquelas mãos que abatia o animal, até Jean Leroy, que era seu amigo, tinha um certo medo dele, tinha pavor de imaginar o amigo com raiva.

Na tarde em que vimos Camerún pela primeira vez, só fizemos lhe falar, nenhum de nós se atreveu a olhar para o pescoço dele, pesado de colares, nem para os anéis de pedra alaranjada, nem para as munhequeiras de couro com filigranas incrustadas. Camerún perguntou por nosso pai, que havia conhecido em Bombardópolis muito tempo atrás, quis saber se Divoine Joseph estava vivo, deu uma gargalhada e disse que Divoine era o único varão que havia tocado em suas bolas — nasceu com três —, quando era jovem e necessitava curar-se de uns inchaços apanhados de mulher. Lembrou também a grande fêmea que Yoyotte Placide tinha sido na juventude, perguntou se a madrinha de minha irmã ainda tinha sua venda na saída do povoado, e declarou que aquele era o único lugar onde se podia comer *djon-djon* com fígado de gato. Em seguida disse algo que nem eu nem Jean Pierre sabíamos: a cozinheira mais famosa de Bombardópolis, a protetora dos *pwazon rat*, a mãe espiritual de todos os grupos de caçadores de zumbis, havia se deitado com um único homem, e esse homem era o velho Thierry, nosso pai.

Calados e sem levantar os olhos, tivemos de escutar ainda mais: por causa de Yoyotte Placide, o velho Thierry havia matado o rastreador de outro grupo. Segundo havia chegado aos ouvidos de Camerún, o rastreador, embriagado, queria trepar com Yoyotte, não se sabia se tinha conseguido, o certo é que nosso pai esperou por ele na porta da venda, lhe falou bem baixinho e lhe entregou uma arma. O outro não quis se defender, e o velho abriu seu corpo de cima abaixo com uma faca.

Jean Pierre e eu voltamos muito mudados daquela viagem. No barco não dissemos uma palavra, cada um de nós só pensava naquilo que Camerún tinha dito. Eu me lembrava da cara sofredora de Yoyotte Placide quando soube que meu pai ia ter um filho com Fru-Fru. Na ocasião ninguém maldou, ninguém teve nenhuma suspeita quando ela falou que meu pai gostava de banho quente e sopa de peixe quase fria. Minha mãe respondeu que só se fosse em Bombardópolis, porque em Jérémie ele se banhava com água gelada e tinha prazer em queimar a boca com seu caldo. Yoyotte talvez ensaboasse as costas de meu pai e lhe esfregasse o pescoço, e quem sabe se para amolecer o coração dele lhe lambesse o ventre sem se importar com a espuma. Fomos um tanto cegos, e quando quisemos ou pudemos ver, Fru-Fru já havia se metido na história.

Em minha segunda viagem a Port-au-Prince voltei a me encontrar com Camerún. Fiz aquela viagem a fim de conhecer Papá Crapaud. Um homem havia passado por Jérémie, procurando um guia, fui ver o homem e ele me disse de saída que havia duas condições para aquele trabalho: saber ler e conhecer de cabo a rabo o monte Casetaches. Para ter uma prova, me deu um papel escrito que eu li em voz alta, em seguida me mandou desenhar a montanha, pediu que marcasse as trilhas e as maiores cavernas. Por fim disse que eu tinha de ir com ele a Port-au-Prince, para conhecer o estrangeiro. O estrangeiro era quem ia me contratar, era um velho que caçava rãs.

Nessa época *La Saucisse* não existia mais, tinha afundado perto de Gonave. Havia agora outro barco, muito maior, recém-pintado, de nome *Le Signe de la Lune*. Em Port-au-Prince, desembarcamos desse barco, e fomos direto para o hotel onde nos esperava Papá Crapaud. Não era tão velho quanto eu havia imaginado, tinha uma cara ótima, um sorriso duro de dono do mundo e aqueles olhos claros sem remela e sem veinhas vermelhas; ainda não conhecia Ganesha, ainda não tinha dormido nos braços daquela cobra rançosa. Me deu a mão e me pediu que sentasse, em seguida começou a falar de rãs, desenhou várias em sua pequena ardósia e perguntou se eu conhecia alguma. Mais tarde me mostrou a foto de um sapo gorduroso e cheio de verrugas, esse eu conhecia bem, falamos um pouco sobre o seu veneno e lhe contei o que costumavam dizer os pescadores de Jérémie, que aquele sapo era a mãe de todos os sapos. Papá Crapaud riu e disse que em troca ele se sentia como o pai dos sapos, foi então que pensei "Papá Crapaud", e em seguida disse em voz alta o que acabava de pensar. "Se gostares, podes me chamar assim." Me estendeu novamente a mão e me ordenou que voltasse para Jérémie e fosse logo procurando uma casinha cômoda onde pudesse guardar suas coisas. Eu estava contratado.

Do hotel rumei para Cité Soleil. No caminho comprei uma garrafa de aguardente, pensando em convidar Jean Leroy para festejarmos o meu novo ofício, e festejar, para nós, era dar grandes trepadas, levar para a cama uma ou duas fêmeas. Mas Jean Leroy não estava, andava navegando em sua escuna, e quem me abriu a porta foi a mulher de Camerún, me saudou com sua voz de fantasma e me explicou que costumava ficar ali quando Jean Leroy saía de viagem. Eu podia esperar o seu marido, que estava a ponto de chegar, e com certeza ia gostar de esvaziar comigo aquela garrafa. Estivemos um bom tempo sós, perigo não havia nenhum, porque Azelma era bastante velha e só se interessava mesmo pelo seu iguana. Quando Camerún chegou abri a garrafa, ele me perguntou o que eu tinha ido fazer em Port-au-Prince, falei do meu acerto com Papá Crapaud, ele tratou de me dar uns conselhos. Em seguida me falou novamente de meu pai, das vezes que haviam estado juntos em Mole Saint Nicolas, numa época em que sobravam dominicanas nativas no cabaré do coxo Tancréde.

Camerún me pareceu um homem direito, começou a me parecer quando baixou a voz para se referir à "Grandeza", aos segredos dos homens e à semente humana da morte. Se um dia eu fosse morar em Port-au-Prince, ele ia cuidar para que não me faltasse trabalho, nem rumo. Recordo dele dizendo que o rumo dos homens está na Voz Sagrada. Perguntei que voz era essa e ele respondeu que ia me dizer algum dia.

Esse dia só veio alguns anos depois. Morto Papá Crapaud e morta em vida minha mulher, Fru-Fru, só restava um caminho: me afastar para sempre de Jérémie, fazer a vida em outro lugar, como haviam feito quase todos os meus irmãos, todos menos Jean Pierre, que ficou plantado lá por causa de Carmelite.

Eu não gostaria de ser magarefe e muito menos estivador, eu pensava que isso era tudo que Camerún podia me oferecer, mas era engano meu. Naquele momento nada me ofereceu, disse que ia contar uma história capaz de mudar minha vida. Me levou a um bar cheio de espelhos no Bulevar Allégre, muito famoso naquela época: o Samedi Night Club. Pediu aguardente misturada com cerveja, e antes mesmo de tocar no copo saiu-se com esta tirada de bêbado: "A gente diz o rio e nada mais do que o rio, como se não houvesse tantos no Calabar."

Inicialmente não entendi, mas ele continuou dizendo nomes estranhos e falando do Poder que se reencarnou em um peixe. De repente abriu muito os seus olhos e me ordenou que fechasse os meus: "Pensa na mulher, Thierry, em uma só, pensa nela como se a estivesses vendo." A mulher se chamava Sikán e cada manhã lançava ao rio uma cabaça para recolher água. Um dia, ao retirar a cabaça, ouviu a Voz, um grande mugido, como um tremor de música no fundo: olhou para dentro da água e viu a cauda de três pontas. Os adivinhos da Guiné se reuniram, prenderam Sikán e roubaram seu peixe, esfolaram-no e com sua pele cobriram a boca da cabaça. Mas tudo foi em vão, porque em sua pele a Voz do peixe era a fraca lembrança de uma Voz. Então decapitaram Sikán, com sangue se adora e com sangue se desperta o mundo, puseram sua cabeça dentro da cabaça, seus olhos de pássaro foram misturar-se ali com os olhos amarelos do peixe, salpicaram a mistura com sete ervas, e por fim a Bênção foi ouvida: aquele era o primeiro tambor da Sociedade Secreta, o tambor cujo nome jamais se mencionava, a Voz que é como o fogo que aquece o coração de Abakuá.

Camerún perguntou então se eu queria entrar para a Sociedade, eu lhe disse que sim, que seria quando ele considerasse possível, mas não foi possível antes que eu passasse por muitas provas, provas de dor e de alegria, que são as mais difíceis. Me rasparam a cabeça, me tiraram a roupa para que um homem fizesse desenhos em meu corpo, listras na pele do crânio, listras em meus braços e minhas pernas. Sabe quem foi o homem que me pintou as listras? Emile Boukaka, em pessoa, o senhor o conheceu em Port-au-Prince. Boukaka é o Mpegó da Força, o Sacerdote dos Símbolos e das Rubricas, o dono dos Moldes, o Criador das Marcas. Outros homens também foram pintados com listras naquele dia, os signos criam e dominam, o que não traz marca não é sagrado nem tem realidade. Nasci de novo sob a voz de Tanze, Tanze é o nome do Peixe, mas a sua cabeça chama-se Añuma; suas escamas, Osarakuá; seus dentes, Inikué; sua cauda, Iriama; sua carne, Abianke; e seus excrementos, Ajiñá.

Não havia mulheres na Sociedade. Ainda não há, e não haverá jamais. É possível que uma certa mulher encontre o segredo, tal como aconteceu com Sikán, mas depois ela terá de afastar-se, e se tiver de morrer deverá fechar os olhos. Sabe aquela sua conhecida que anda arrancando ervas no Casetaches? Um dia, quando menos esperar, ela dará de cara com aquilo que procura, e sei muito bem que ela não está procurando o que diz, que acontecerá quando ela levar a flor fêmea? Mulher nenhuma deveria fazer aquilo. Sabe o que me disse Camerún?: "Os velhos pensam que as mulheres mentem sempre."

Fru-Fru mentiu, tinha mais amor por meu pai do que por qualquer outro, um pai que jamais me chamou pelo meu nome, e por querer ao pai foi para a cama com o filho. Claudine, minha mãe, mentiu a Yoyotte Placide, eram mentiras piedosas, para que os banquetes pudessem continuar, falavam entre elas do bem que meu pai lhes fazia. Carmelite sempre teve amor pelo meu irmão Paul, então pariu aquela menina-girino e disse que era de Jean Pierre. Mentira.

Não foi de magarefe nem de estivador o trabalho que Camerún conseguiu para mim. Me recomendou ao dono de uma alfaiataria, e lá o meu trabalho era limpar o piso, levar recados, apanhar os retalhos, alfinetes e botões que caíam no chão. Foi na alfaiataria que conheci Amandine, a quem quase todos chamavam de Maude. A primeira vez que estivemos juntos ela me perguntou se eu havia deixado mulher em Jérémie, respondi que sim, mais cedo ou mais tarde a mulher se transforma em cadeia, a de Fru-Fru era para o resto de minha vida. Disse a Maude que trazia Fru-Fru aqui dentro, o fato é que ainda trago, embora ela esteja morta.

Tempos depois Maude teve um filho meu. Um homem não muda por causa de um filho, Camerún já tinha me avisado: não há nada que faça um homem mudar. O menino morreu pouco depois de abrir os olhos, a parteira disse que ele tinha vindo ao mundo com o coraçãozinho já despedaçado. Maude chorou durante vários dias, pensei que fosse ficar de cabeça virada, como havia acontecido com Fru-Fru, mas foi se acalmando pouco a pouco. Me perguntou se não teríamos mais filhos, prometi que sim, teríamos um varão de coração forte, que se chamaria Camerún. Mas foi uma menina, e lhe demos o nome de Yoyotte, o mesmo de minha irmã e da madrinha de minha irmã.

Camerún foi o padrinho. Minha irmã Yoyotte veio de Bombardópolis para cozinhar o almoço do batismo. Celebramos a festa na manhã do sábado, e no domingo ao meio-dia Azelma veio me trazer a notícia, seus olhos de sono pela primeira vez estavam despertos: Camerún tinha fugido com Yoyotte.

Não foram para Bombardópolis. Durante alguns anos estiveram desaparecidos. Yoyotte Placide, que já era velhíssima e estava quase cega, veio a Port-au-Prince em busca da afilhada. Ninguém conseguia explicar como em tão poucas horas tinham se apaixonado e decidido ir embora, ninguém sabia para onde; os da Sociedade souberam, Emile Boukaka soube, recebeu um postal da Guiné, depois vários outros, Camerún lhe pediu que me contasse que tinham tido filhos, dois de uma vez, gêmeos idênticos e albinos, nada pode haver de mais sagrado neste mundo.

Yoyotte Placide morreu pouco depois. Durante vários anos sua venda de comida ficou de portas fechadas, mas as turmas de *pwazon rat* passavam por ali de vez em quando e paravam em frente recordando aqueles banquetes de meia-noite, o cheiro dos feijões que as cozinheiras amoleciam na aguardente, e o da carne frita, que alguns juravam ser de cachorro preto. Yoyotte dizia que era de javali.

Minha irmã e seus dois filhos voltaram para o Haiti; Camerún não voltou com eles. Os meninos mal podiam suportar a luz, os albinos têm sua própria claridade e são atormentados pelo sol. Ela recuperou a venda, que continuou com o nome antigo — Petit Paradis —, e aí começou a cozinhar as receitas que havia trazido da Guiné. Mais tarde teve uma filha com Gregoire Oreste, aquele homem que arrematava as caçadas feitas pelo grupo de meu pai. Essa filha ainda vive com ela, mas não os gêmeos, eles têm sua própria família, umas mulheres que ajudam a servir a comida no Petit Paradis, e os filhinhos dessas mulheres, que não saíram tão branquelos quanto os dois.

Às vezes, alguém que passava por Bombardópolis parava a fim de perguntar por Camerún. Uns diziam que havia morrido no rio Oddán, e que tinha sido por vontade própria, entrando com pedaços de chumbo na água. Outros contavam que tinha se apaixonado por uma garota nobre da Guiné, e que lá estava amarrado pelo Poder dela. Yoyotte me contou a verdade: Camerún regressou ao Haiti muito antes dela, regressou com Azelma, sua mulher de olhos sonolentos, os dois foram viver no povoado de Água Negra, um lugar da fronteira por onde não passava ninguém. Mas por lá passou Divoine Joseph, que viu Camerún e contou a Gregoire Oreste; foi assim que minha irmã veio a saber dele, Gregoire quis pôr Yoyotte em prova e ela ficou tranqüila, amamentando sua filha novinha, nem sequer avisou aos gêmeos, que já começavam a perguntar pelo pai.

Na Sociedade tinham um certo modo de dizer as coisas. Não dizer nada também era uma forma de dizer. Para referir-se à "Grandeza" baixavam de tom, para falar de Camerún não falavam. Tudo foi dito em silêncio, como se se tratasse de um morto, ele e sua mulher devem ter morrido em Água Negra. Não obstante, há também quem os veja. Yoyotte, minha irmã, afirma que viu os dois em Bombardópolis, conta isso baixinho aos gêmeos, os albinos gerados por Camerún.

Até morrer estarei marcado por esses riscos, e quando morrer, seja no mar ou na terra, Camerún vai estar perto de mim, além de meu pai — e de Fru-Fru, caso meu pai não se oponha. Sempre deverei a Voz a Camerún. É melhor que seja no mar, é lá que Tanze se movimenta.

Alma de *macoute*

LEMBREI-ME DOS CARTÕES-POSTAIS nas paredes do consultório de Emile Boukaka. A maioria vinha da França, mas alguns procediam de lugares inesperados, quem poderia ter ido alguma vez a Bafatá? Talvez Camerún, aquele magarefe apaixonado e místico, capaz de tornar-se invisível e em seguida confundir-se com a tripulação de um cargueiro. Um homem, pensei imediatamente, que dava à matança o sentido de uma busca: abatia, esfolava, descarnava as reses com a mente voltada para as tripas, o sangue, o destino final das bostas que não tinham chegado a sair. Era por isso que ganhava todas as apostas, aos olhos de Camerún, matar bois e vacas era um caminho para a perfeição.

Era possível, também, que jamais houvesse posto o pé em qualquer lugar da África. Talvez tivesse escapado para a América do Sul. Procurei me lembrar como era o texto daquele cartão-postal que eu havia lido na casa de Emile Boukaka: "*De Pérou, une photo de mes chers antropophagos.*" Tratava-se de uma choça de índios em Beni, Bolívia, e isso significava que o remetente ou se havia confundido, ou tentava confundir o destinatário. A não ser que o cartão tivesse acompanhado o remetente até o Peru, sendo enviado de lá, e nesse caso não estávamos diante de um engano nem de uma confusão, mas de um capricho ou de um esquecimento.

De qualquer forma, Thierry só pretendia, com seu relato, demonstrar o quanto eram dignos de confiança os homens da Sociedade, pois exatamente um deles, um confrade que bem poderia ter sido Emile Boukaka, lhe havia soprado a advertência: dentro em breve o Casetaches iria converter-se em um lugar proibido, da mesma maneira que o Mont des Enfants Perdus, a ilha da Gonave, a baía Carcasse e os povoados de Tiburón e Port-à-Piment. Nem os que caçavam rãs, nem os que procuravam flores poderiam ficar lá por muito tempo.

— Desde ontem Jérémie virou um inferno — Thierry sussurrou, dando-me as costas. — Meu irmão Paul vai embora com Carmelite e Mireille; vão para Bombardópolis, tentar salvar-se por lá.

— Temos comida em Marfranc — disse-lhe —, não precisamos voltar a Jérémie antes de encontrarmos a rã.

— A situação não está para se andar atrás de rãs — replicou Thierry —, e muito menos da *grenouille du sang*, que nunca se deixa ver por gosto.

No dia seguinte, ao cair da tarde, tornamos a nos encontrar com a dupla de botânicos. Estávamos juntos da barraca, preparando o equipamento, quando vimos os dois aproximando-se, ergui a mão para saudá-los, Edouard parou e Sarah continuou a andar, ambos carregavam sacos de náilon e notei que ela caminhava com dificuldade. Ao contrário de nós, que começávamos ao escurecer, eles estavam regressando de um dia inteiro passado em seus "quadrantes de estudo", que era como chamavam as áreas demarcadas.

Com seus cantis vazios, pediram-nos água, perguntei-lhes se nos acompanhavam em uma refeição, entreolharam-se um instante e ela aceitou com um gesto breve, moveu a cabeça e deixou escapar um longo suspiro. Ofereci-me para cuidar do saco que ela carregava, Edouard adiantou-se e saudou Thierry, era um sujeito afetuoso e cheio de alegria.

Abrimos latas de conservas e comemos ouvindo o rádio. De vez em quando Sarah soltava um comentário vago ou inconcluso. Haviam trabalhado o dia inteiro sozinhos, porque Luc, o haitiano que os acompanhava, tinha ido a Marfranc. Pela primeira vez me perguntei se os dois formavam um casal permanente, ou se a solidão, o cansaço, o silêncio atormentado e seco da montanha os obrigava a acasalar-se só de vez em quando.

— Não estou obrigado a nada — Edouard disse de repente, mordendo um pedaço de aipim cozido, era o clássico tipo que se adapta a tudo, que consome de tudo.

— Gostaria de ficar por aqui uma semana a mais, principalmente por causa de Sarah, talvez nesse meio tempo ela conseguisse encontrar a sua *Pereskia*.

Sarah ergueu os olhos e olhou para mim um tanto assustada, como se me pedisse para ficar em silêncio, mas silêncio a respeito de quê?

— Mas vai ser difícil — Edouard acrescentou —, Luc nos disse que isto aqui não é mais seguro. Acha que podem nos matar.

Thierry tossiu, era incapaz de imiscuir-se em conversação que considerasse alheia, mas notei que estava ansioso por dizer aquilo que sabia.

— Disseram a Thierry que dentro de alguns dias nos obrigarão a sair daqui... Conta para eles, Thierry.

Sarah sorriu, e era um autêntico sorriso de batalha. Com um simples gesto cortou o relato de Thierry.

— Pois nós dois esperaremos que venham nos tirar daqui. — E dirigindo-se ao seu companheiro: — Até que apareçam, com certeza já teremos terminado.

O resto da refeição transcorreu em silêncio, Edouard falou de sua mulher e seus filhos. Sarah não voltou a falar de nada ou de ninguém.

Naquela mesma noite escutamos pela primeira vez o que podia ser o canto de um exemplar adulto de *Eleutherodactylus sanguineus*. Thierry ficou a ouvi-lo durante algum tempo, eu era incapaz de distingui-lo, entramos e saímos de uma caverna, paramos muito tempo de cócoras ao pé de uma árvore, seguimos uma trilha que rodeava um pequeno charco, e de repente ele apagou a lanterna. Tinha chovido durante a manhã e agora começava novamente a chuviscar, nos imobilizamos em um declive muito incômodo, tentei me agachar mas fui impedido por Thierry: nesse exato momento a rã voltou a cantar, cerrei os olhos e pude ouvi-la com tanta nitidez que estive a ponto de gritar. Mas logo tudo aquilo me pareceu demasiado breve, fui fazer um gesto e escorreguei na lama, Thierry acendeu sua lanterna e me estendeu a mão.

— A diaba não anda mais por longe. Agora sabemos que ela está aqui.

Naquele momento, e mesmo durante várias das horas que se seguiram, senti-me incapaz de pronunciar uma palavra. Avançávamos lentamente, iluminando suavemente o matagal, os lugares onde nasciam as bromélias, as raízes das árvores. De vez em quando Thierry se detinha, nós dois contínhamos a respiração, mas a rã não voltou a dar sinal. Pouco antes do amanhecer nos sentamos e fumamos.

— Sabia que, antes de nascer, os albinos avisam que vão ser albinos?

A pergunta não vinha ao caso, e minha cabeça começava a doer. Thierry abriu a garrafa térmica e me serviu café quente em uma velha latinha de ervilha que ainda conservava o rótulo.

— É dessa maneira que eles avisam, mexendo-se muito dentro da barriga da mãe, afinando a barriga e fazendo com que ela mude de cor. Então, para ter certeza, a mãe entra em um quarto escuro, fica nua e se põe diante de uma lamparina a querosene. Se o feto puder ser visto de fora, não há dúvida de que vai nascer um albino.

Vasculhei minha mochila e peguei duas aspirinas. Na fazenda de meu pai faziam aquilo, mas com os ovos de avestruz: depois de apanhá-los, lavavam-nos, poliam-nos, e em seguida os examinavam diante de uma lâmpada a fim de localizar a gema, que era uma simples mancha escura. Dependendo do lugar onde se achasse a gema, levava-se ou não o ovo para a incubadeira. A mancha deveria estar sempre na parte superior. Durante as minhas férias de verão participei várias vezes daquele trabalho, gostava também de alimentar os pintinhos de avestruz, mas evitava me aproximar das aves adultas. Preferia olhá-las de longe, e assim, de relance, via a silhueta de meu pai dentro dos currais, movimentando-se como se fosse um toureiro, procurando aplacar algum animal tomado pelo ciúme.

— Os filhos de Yoyotte são muito certinhos. Os albinos saem sempre assim, ou muito certos ou muito errados. Não há meio-termo.

Quando criança, tive um livro cuja ilustração central representava uma corrida de avestruzes. Os ginetes eram barbados, usavam turbantes e galopavam sem trocar olhares, agitando os sabres e levantando uma nuvem de penas. Alguém me deu a sugestão de colorir aquelas penas com amarelo, é possível que, por essa época, meu pai já tivesse na cabeça a idéia de se dedicar à criação de avestruzes. Aceitei a sugestão e pintei com a mesma cor as penas e os turbantes dos ginetes, mas mesmo assim durante muito tempo tive o pesadelo do deserto: avestruzes me alcançavam, sozinho eu girava dentro do turbilhão, a boca cheia de penas, não amarelas mas negras, e com a boca cheia não podia gritar.

— Entre os homens que rondavam a casa de Papá Crapaud, querendo trepar com Ganesha, um era albino.

Minha mãe achava que criar aquelas aves seria pura perda de tempo e de dinheiro, quem iria interessar-se por penas de avestruz? Quantas penas meu pai poderia tirar de uma ave daquelas, que deveria sair tão cara? Ele respondia que o verdadeiro negócio estava na carne: mais saudável do que a do boi, mais macia do que a do pavão. Minha mãe gritava que não tinham um só amigo, parente ou conhecido que já houvesse ou quisesse provar carne de avestruz. Meu pai baixava a voz: provariam, provariam...

— Era um albino daqueles mais errados, muito gordo e muito selvagem, mas Ganesha abriu a porta para ele por ocasião de uma das ausências de Papá Crapaud, e depois de trepar o albino bateu em Ganesha, que ficou caída dentro de um charco de sangue. Fui eu que encontrei a mulher um pouco mais tarde, ela não podia se mover, mas estava rezando baixinho.

Depois, meu pai começou a argumentar que a pele também podia trazer lucro, com quase dois metros quadrados por animal, a pele da avestruz era vendida por excelente preço no mercado. Nem assim minha mãe se deixava convencer: gastasse o seu dinheiro assim ou assado, como melhor lhe desse na veneta, mas não metesse a mão na parte que pertencia a ela e ao filho.

— Ela ficou várias dias de cama, Papá Crapaud cuidando dela, apesar de saber que o autor da surra era aquele albino, e que só havia batido em Ganesha porque primeiro ela havia trepado com ele. Ganesha ficou quieta durante algum tempo e o albino desapareceu. Mais tarde vim a saber que havia assassinado duas mulheres.

Martha, minha mulher, já não queria visitar a fazenda de meu pai. Antes de nos casarmos íamos lá freqüentemente, mais tarde as avestruzes deixaram de ser uma curiosidade para ela. Era comum, quando se viajava por uma rodovia, ver avestruzes ao longe, correndo pelas campinas das granjas, naquela época, em Indiana, surgiram muitas granjas. Mas agora tudo na fazenda não conseguia despertar em Martha interesse maior do que aquele que podia vir de um curral de vacas ou de um alambrado cheio de galinhas.

— Uma foi morta em Jérémie, a outra ele esquartejou em Port-au-Prince. A mulher de Jérémie teve a pele do rosto arrancada por ele, isso não lhe faz lembrar de outra coisa? Me parece que aquele albino tinha alma de *macoute*.

Foi na companhia de Bárbara, e não na minha, que Martha provou carne de avestruz pela primeira vez em sua vida. Isso aconteceu por ocasião de uma viagem relâmpago a Houston, Bárbara queria ver a quantas andava seu coração, nada muito grave, apenas umas arritmias que a incomodavam durante a noite. Depois de fazer os exames e conversar com o médico, que a deixou completamente tranqüila, as duas foram a um restaurante a fim de celebrar os resultados. Martha disse que viu o filé de avestruz no cardápio e se lembrou de mim. Nas visitas à fazenda de meu pai sempre tinha se recusado a comer aquela carne, antes de casarmos costumava levar as suas próprias comidas congeladas. Mas diante de Bárbara viu-se tomada de valentia, ou talvez a própria Bárbara a houvesse induzido, mas o fato de ter provado a avestruz na companhia dela, e não na minha, foi uma fina punhalada, uma espécie de agulhada mortal no lugar exato, no ponto nervoso que ao ser atingido irá paralisar o resto do corpo. Naquela noite dormiram no hotel que havia diante do hospital, um lugar deprimente, segundo ela própria depois me contaria.

— Uma vez surpreendi Ganesha comendo ancas de rã, avisei-lhe que Papá Crapaud a mataria se descobrisse aquilo. Me respondeu que eram muito saborosas, e que sua família sempre havia comido aquilo em Guadalupe.

Perguntei a Martha se havia gostado da carne de avestruz e ela respondeu que sim, que era agradável e ponto final, nada demais, menos colesterol, não era por isso que se comia?

— Papá Crapaud nunca soube, mas às vezes ela roubava algumas de suas rãs para comer. Nesses banquetes era acompanhada pelo albino. Quando o albino foi embora, passou a dividir a mesa com o homem de Léogane.

Minha mãe sempre culpou aquelas "malditas aves" pela sua separação. Apesar dos anos que já haviam passado e de correrem tão bem os negócios de meu pai, ela continuava a afirmar que o marido era um excêntrico e que aquela fazenda era apenas uma doidice.

— Hoje é um grande dia — anunciou Thierry, fechando a garrafa térmica. — Nunca pensei que fosse me sentir alegre ouvindo a *grenouille du sang*.

Nunca pensei na possibilidade de que, cedo ou tarde, aquela fazenda acabaria minha. Foi Martha que, certa noite, falou desse assunto: uma vez que eu era o único herdeiro, já havia procurado saber se era fácil vender uma criação de avestruzes? Olhei-a nos olhos: "Depende." Como sempre, ela sustentou meu olhar: "Depende do mercado, ou depende de quê?" Minha voz tornou-se um pouco rouca: "Depende de mim, talvez eu fique com a fazenda e com todas as avestruzes."

— Depois que a gente encontrar a rã — Thierry disse —, vou juntar dinheiro para ver essas aves. Não sei se seu pai vai querer me ensinar...

Martha soltou uma gargalhada. Suponho que em seguida foi contar a história a Bárbara, e que Bárbara também achou-a engraçada. Sentiam-se muito bem quando estavam uma com a outra, eram capazes dessa coisa difícil que é se entender e divertir-se juntas.

— Primeiro dou uma olhada nas tais aves, depois vejo se é possível trazer algum. No Haiti nunca se viu tal bicho.

Levantei-me, sacudi a roupa, o sol começava a me incomodar. Thierry estava à espera de que eu lhe dissesse alguma coisa.

— Vamos dormir — eu disse.

A rã das cascatas, ou *Rana cascadae*, era tão abundante nas lagoas do sul da Califórnia, que até poucos anos uma pessoa podia recolher de quarenta a cinqüenta exemplares em apenas meia hora.

No outono de 1992 realizou-se uma intensa busca dessa rã, logo após ter corrido a notícia de que estava declinando rapidamente em seu habitat natural, incluindo-se aí os arredores do Lassen Volcanic National Park, um parque protegido, que não passou por qualquer mudança.

Encontraram apenas duas rãs moribundas.

Data dessa mesma época o completo desaparecimento da *Rana cascadae*.

A fé da Guiné

— PELO QUE VEJO, você não trepa mais com a Fru-Fru.
Fiquei parado. Não disse uma palavra, não podia dizer. Julien parecia tanto com meu pai que me senti como se me houvessem plantado ali, diante do balcão do Samedi Night Club, aquele lugar espelhado onde estive pela primeira vez com Camerún.
— Você é meu irmão.
— Não tenho irmãos — ele me respondeu.
Muito mais alto do que qualquer um de nós, os da ninhada de minha mãe, Julien tinha um olhar vândalo de quem sabia mandar, e uma enorme queixada de cavalo. É sempre por esse osso que se pode medir a força de um homem.
— Mesmo não querendo, você é meu irmão.
Eu tinha acabado de me separar de Maude e andava com outra chamada Suzy, enfermeira, ou quase enfermeira, de um hospital de Port-au-Prince, mas como o hospital estava sempre lotado, Suzy tinha de fazer de um tudo. Julien só olhou para mim porque primeiro tinha olhado

para ela, nós estávamos abraçados, então ele me reconheceu, se aproximou e saiu com aquela grosseria.

— Não te interessa mais trepar com Fru-Fru?

Levava um revólver na cintura e vestia uma camisa verde-oliva abotoada até o pescoço, sem falar no relógio e no anel. Convidei Julien para uma cerveja, mas deu-me as costas e foi se juntar a outros dois em uma das mesas; de lá, volta e meia nos dava uma olhada. Suzy me perguntou como era que, sendo filhos do mesmo pai, a gente se parecia tão pouco. Lhe respondi que a gente se parecia em um ponto: éramos carecas. Meu crânio já estava cheio de clareiras, e Julien tinha raspado o seu, andava agora com uma cabeça de boi, uma testa larga e reluzente, com a qual se podia quebrar uma pedra.

Jamais voltou a ver a mãe dele. Também não conversa com nenhum dos irmãos. Uma vez, estando em Bombardópolis, foi comer no Petit Paradis. Foi na companhia de seus amigos, os *macoutes* de carne e osso que tinham substituído os soldadinhos do brinquedo "*macoute* perdido". Não se lembrava de que aquele negócio pertencia a sua meio-irmã, ou talvez não se importasse com isso. Muito menos importava a Yoyotte, porque mal haviam chegado, ele e seus homens começavam a entornar garrafas de Barbancourt, e ao cair da noite já havia um monte daquelas garrafas ao redor da mesa. Depois pediam comida. Yoyotte, minha irmã, gritou o menu por uma pequena abertura que dava para a cozinha. A velhíssima Yoyotte Placide foi encarregada de pôr a mesa.

— Quando Fru-Fru anunciou que eu ia nascer — Julien disse, abrindo um enorme sorriso —, você não deixou que ela voltasse aos banquetes.

Yoyotte Placide, que de tanto viver entre os mortos havia perdido o medo dos vivos, se pôs a olhar para ele, levantou a voz e respondeu com a maior seriedade:

— Se fosse por mim, nunca teria nascido.

Minha irmã me contou que naquele instante suas pernas fraquejaram. Julien fez uma cara ruim, e os *macoutes* que estavam na sua companhia suspenderam as risadas e ficaram prestando atenção à conversa.

— Você era muito velha — Julien disse mudando de tom —, Thierry necessitava de outra mais nova.

Nunca chamou o pai de pai. Para contrariar o velho, para lhe fazer raiva o chamava de Thierry, então meu pai lhe batia na cara, às vezes lhe deixava a boca rebentada. Julien não derramava uma lágrima, apenas baixava a cabeça e continuava a dizer bem baixinho: Thierry, Thierry, Thierry.

— Você diz que Thierry necessitava de uma mulher — replicou Yoyotte Placide —, mas quem era a mulher que ele necessitava? Acha que era sua mãe?

Ele também jamais chamou de mãe nenhuma das mulheres que o criaram. Claudine se queixava disso com Fru-Fru, Fru-Fru por sua vez ia se queixar a meu pai. Meu pai tornava a quebrar a boca de Julien, dava-lhe duro, mas o garoto não parava de gritar aqueles nomes: Thierry! Claudine! Fru-Fru!

— E Fru-Fru? O que era ela, velha abestada?

Minha irmã Yoyotte me contou, pouco depois, que naquele dia esteve a ponto de morrer queimada. Morta de medo e sem saber o que fazer enquanto a madrinha discutia com seu meio-irmão, começou a dar voltas ao redor dos fogões e acabou por derramar uma frigideira cheia de azeite fervendo.

— Vou te dizer quem era Fru-Fru — gritou Yoyotte Placide, o ódio de tantos anos comendo-lhe a ponta da língua. — Era uma grandessíssima puta!

Minha irmã desmaiou e nunca soube o que aconteceu em seguida. Quando abriu os olhos não estava mais à beira dos fogões, mas estendida em cima de duas cadeiras, debaixo da mesma latada onde todos os *macoutes*, com Julien na cabeceira, começavam a devorar seu fricassê de cabrito. Sentada ao seu lado, abanando-a com um daqueles eficientes leques que traziam a foto de Papá Doc de um lado e do outro o mapa do Haiti, estava sua madrinha, a desbocada Yoyotte Placide. Os *macoutes* continuavam a conversar alegremente, soltando risadas e mandando descer garrafa atrás de garrafa, só saíram dali de madrugada, quando Julien pagou a conta e avisou que ia deixar uma boa gorjeta para que servissem *clairin* no velório. Não disse quem seria o defunto, se limitou a jogar seus gourdes para o local onde estavam os pés inchados de Yoyotte Placide.

Naquela noite, no Samedi Night Club, Julien também tentou ajustar contas comigo. Talvez o que estava querendo fosse mesmo impressionar Suzy, que por sua vez tratava de impressionar Julien, para quem olhava de boca aberta. Depois de beber algum tempo com seus cupinchas, veio até o balcão e perguntou se eu sabia de Fru-Fru.

— Amalucou — respondi-lhe.

— Já estava maluca quando eu nasci. Me deu a tua mãe.

Dizendo isso, resolveu fechar de vez a conta comigo: agarrou Suzy por um braço e me perguntou se podia dançar com ela. Fez a pergunta rindo, e não lhe respondi porque esperava um gesto de Suzy, que soltasse o braço, que dissesse não. Mas Suzy se deixou levar, foi tudo muito rápido, em um instante estavam dançando na minha frente, mais abraçados do que qualquer outro casal, Julien tinha as mãos nas nádegas de Suzy, e Suzy se movimentava de olhos fechados. Paguei meus tragos e saí dali, não porque Suzy não me interessasse, aliás naquela época eu gostava muito dela, mas também porque algo me dizia que Julien estava esperando por um gesto meu, o menor movimento, para me matar diante de todos, a sangue-frio.

A essas alturas Camerún já havia fugido com minha irmã Yoyotte, e a mulher de Camerún, Azelma, me visitava de vez em quando para perguntar se eu tinha notícia deles. Azelma havia crescido em Port-au-Prince, estava a par do que se passava em cada recanto da cidade, conhecia muito bem Julien, quem, no Haiti, não conhecia Julien Adrien?

Um dia ela me perguntou se eu sabia quantos mortos os homens de meu irmão tinham deixado na chacina de Cité Soleil. Baixei a cabeça: a pequena vingança de Azelma, pela fuga de Yoyotte com seu marido, era me contar a verdade, e a verdade era que Julien cheirava a demônio, não apenas havia matado muitos homens, mas também havia matado mulheres, muitas quase na hora de parir, e havia matado até mesmo crianças. Queria eu saber como era que ele matava?

— É meu irmão — lembro-me de ter dito, para que ela calasse a boca.

E fiquei por aí. Lembrei-me de que meu pai, ao morrer, havia me deixado como único herdeiro da fé que ele próprio havia recebido da Guiné. Aquilo que a gente amava devia ser respeitado. E também era para respeitar aquilo que não se amava mas devia amar. Eu não amava Julien, seria possível amar uma cobra venenosa? Mas por ser ele o caçula da fornada de meu pai, e o único varão parido por Fru-Fru, eu teria que fazer sua defesa, ou pelo menos fechar os olhos.

— É meu irmão — repeti —, e a mãe dele é a mulher por quem me apaixonei, a saudade que vai estar em mim para sempre.

Azelma parecia uma pedra, mas chega um momento em que até as pedras podem compreender que é um homem quem está falando. Não voltou a me falar de Julien, nem quis voltar àquela vingança por causa de Yoyotte. Nos tornamos muito amigos, e de vez em quando eu consolava Azelma, ela me perguntava se no meu entender Camerún ia voltar, e eu lhe respondia, tenha paciência, qualquer dia desses ele vai entrar por aquela porta. Ela ficava pensativa, fazendo carinho no lombo de seu iguana.

Não foi Azelma quem me contou, foram os da Sociedade Abakuá que contaram: meu irmão Julien juntou sua tropa com a de Cito Francisque, aquele que controla hoje em dia o Mont des Enfants Perdus. Foi por essa altura, já se passaram alguns anos, que começaram a chegar os carregamentos, uns fardos vindos por mar e que logo eram transferidos para a Dominicana. Cito Francisque e Julien tinham se unido para defender seu território, havia outro militar na disputa, um coronel com padrinho no Palácio. A guerra começou em Port-au-Prince, mas logo se estendeu a Cap-Haïtien, e sua batalha mais suja aconteceu em Jacmel. Ali a menina vivia em companhia da mãe. Me refiro à filha de Julien. Ele estava em Pétionville, traçando planos com seus homens, quando lhe levaram o pacote. Contam que abriu e imediatamente fechou o pacote, terminou de dar suas ordens e se afastou com ele nos braços. Subiu no jipe, e durante vários dias esteve desaparecido. Foram os dias de sua maior loucura. Julien atirava na nuca dos homens, na nuca ou no ventre; foi assim que ajustou todas as suas contas passadas e futuras. Por isso o aviso que os da Sociedade me deram.

Deixei meu trabalho durante alguns dias. Me escondi na casa da irmã de Azelma, que se chamava Blanche, e lá me chegavam as notícias: viam o jipe de madrugada, viam o jipe na mesma hora em Saint Marc e em Port-de-Paix. Viam o homem tresloucado que ia dentro. Cito Francisque lavou as mãos, entrou em acordo com o militar apadrinhado no Palácio, entregou a vida de meu irmão, que aliás de nenhum modo era mais vida.

Numa daquelas noites Blanche veio até o catre em que eu estava deitado, e disse que sua irmã Azelma mandava um aviso: Julien caiu em Gonaïves, foi encontrado morto no jipe, e com ele haviam achado aquele pacote que levava embaixo do assento. Era a roupa de sua filha, a roupa e os dedos, tinham mandado os dedos como prova de que a menina estava mesmo morta.

Naquele momento não me lembrei da surra que Julien tinha mandado me dar quando comecei a me apaixonar pela mãe dele, nem da fúria com que havia me arrancado Suzy no Samedi Night Club. Me lembrei do dia em que havia chegado em minha casa, nos braços de sua irmã Carmelite, e meu pai nos avisou, a Jean Pierre e a mim, por sermos os mais velhos, que o recém-nascido também era nosso irmão.

Blanche pôs a mão em minha cabeça e disse que eu podia me sentir tranqüilo: o diabo tinha morrido com o diabo. Levei aquela mão à minha boca e comecei a chorar baixinho, não pelo defunto, mas por ter de ir ao velório e ser obrigado a encarar novamente Fru-Fru. Saí do catre e comecei a me vestir, Blanche sentou-se, olhou para mim e disse, oxalá Julien nunca tivesse morrido. Era a sua maneira de dizer que lamentava por eu ir embora, e que se eu quisesse podia ficar; sua maneira de se oferecer como mulher, coisa que não havia feito durante todos aqueles dias em que estive escondido. Fui até ela, dei-lhe um abraço e prometi que voltava.

E de fato voltei para sua casa, mas levei comigo Fru-Fru.

Água na boca

NAQUELA NOITE, antes de sair para o campo, escrevi duas cartas: uma destinada a meu pai e outra a Vaughan Patterson. A de Patterson, que pretendia ser breve e desprovida de paixão, terminou um tanto grande e foi contaminada pela ansiedade. Comunicava-lhe que finalmente ouvira o canto do *Eleutherodactylus sanguineus* e me julgava em condições de assegurar que a rã estava naquele lugar, lado sul do monte Casetaches. Não a tinha visto, contudo; não sabia se se tratava de um exemplar isolado ou de vários indivíduos pertencentes à mesma colônia. O que podia garantir era que iria levá-la pessoalmente ao seu laboratório em Adelaide.

Com a carta para meu pai aconteceu exatamente o contrário, pretendi ser afetuoso, comecei por falar-lhe de Thierry e de sua grande curiosidade pelas avestruzes. Era uma forma de dizer-lhe que me lembrava muito da fazenda e das aves, e que pensava nele com muita freqüência. Mas a carta saiu tão fria que logo me pus a escrever outra, e depois uma terceira, afinal rasguei as três, com elas fiz um montinho de pedaços de papel no chão, dispersei-os com o bico do sapato, e nesse momento me lembrei de Oscar, o pequeno avestruz de pelúcia que meu pai tinha me dado a fim de ajudar-me a esquecer o pesadelo do deserto. Era branco, um animal, tanto quanto posso lembrar-me, patético, com dois grandes botões azuis em lugar dos olhos e o pescoço enlaçado por diversas gravatas. Meu pai inventou um jogo de palavras a partir da frase "Ostrich [Avestruz] Oscar", e me animava a repeti-lo cada vez que tivesse maus sonhos. Aquilo me deu uma idéia: peguei um cartão em branco, um daqueles que eu usava para fazer minhas fichas, escrevi nele o jogo de palavras que meu pai me havia ensinado, e o encerrei num envelope com o endereço dele.

Nesse momento chegou Thierry para me avisar que o equipamento estava pronto, levávamos o gravador e três microfones extras, com os quais tentaríamos registrar a voz da *grenouille du sang*. Disse-lhe que no dia seguinte desceríamos a Marfranc para nos abastecermos de água e comida, além de pagarmos ao homem que cuidava do carro para que levasse a correspondência a Port-au-Prince. Thierry olhou para os pedacinhos de papel espalhados, não sei se chegou a perceber que se tratava de cartas rasgadas, não sei se chegou a suspeitar que nessas cartas eu falava dele.

— Ainda não me disse como é que matam aquela ave.

Quando vi pela primeira uma avestruz cair decapitada, pensei que aquela era uma forma rápida e indolor de morrer, a cabeça caía para um lado, enquanto o comprido pescoço, unido ao corpo, se dobrava para baixo. Vu Dinh, o Dino, o vietnamita que trabalhava para meu pai, me fez saber que os olhos da ave eram capazes de seguir um objeto durante alguns segundos depois de a cabeça ter sido cortada pela base.

— Pescoço eles têm — Thierry observou —, a degola deve ser fácil.

Com as cascas dos ovos não fertilizados, o vietnamita produzia colares, talhava cruzes e às vezes, também, cabeças de búfalo. Nos colares escrevia palavras em seu idioma, signos delicados que serviam um pouco de adornos, mas a mulher das incubadoras me contou que aquelas palavras tinham um significado, e que eram maldições.

— Cinqüenta quilos de carne — Thierry suspirou. — Um golpe no pescoço e pronto: cinqüenta quilos bem pesados.

A rã não se deixou ouvir naquela noite. Thierry estava impaciente, concentrava-se nos sons, permanecia longos minutos de orelha colada no chão. Por fim se levantava, caminhava uns cinqüenta metros e voltava a ouvir o chão, escavava entre as pedras, sacudia os arbustos.

— Está perto — dizia. — Sinto o cheiro dela.

Ao que me parecia, o pequeno anfíbio também nos farejava. Foi uma noite longa e tediosa, a impaciência de Thierry acabou por me contagiar, discutimos sussurrando: ele chegou a sugerir que a *grenouille du sang* havia se ocultado por causa da lanterna embutida em meu capacete, para mim era uma comodidade, mas, para ele, a luz excessivamente forte afugentava o animal. Lembrou-me que Papá Crapaud jamais havia usado capacete, entre outras coisas porque atraía insetos para o rosto. Resmungou até o dia clarear, dando-me a impressão de que interpretava a ausência da rã como um fracasso pessoal; tratei de explicar-lhe que os anfíbios se comportavam sempre daquela maneira, neles a quietude era uma forma de sobrevivência, o que, aliás, também era válido para nós: quietude e silêncio, silêncio e perplexidade.

Com a chegada do amanhecer voltamos ao acampamento. Vimos de longe a silhueta das pessoas que nos aguardavam diante da barraca. Eram Edouard e Sarah, ambos tinham os olhos fixos no alto do monte, de forma que só nos viram quando saímos de trás de uns arbustos, praticamente diante deles.

— Estamos indo embora — gritou Edouard. — Mataram Luc.

Deixei passar alguns segundos enquanto tentava me lembrar de quem era Luc. Então me dei conta de que Luc era o guia, aquele homem que havia nos lançado um olhar hostil na primeira vez em que havíamos cruzado com ele no Casetaches.

— Deixaram-no pendurado em Marfranc — acrescentou. — Agora virão atrás de nós.

Procurei Thierry com os olhos; ele entrava apressado na tenda, sem dizer palavra. Começava, desse modo, a me explicar sua crispação, seu nebuloso esforço para encontrar a rã na noite anterior. Um de seus confrades da Sociedade Secreta lhe havia soprado a advertência: dentro em breve o Casetaches iria se tornar um lugar proibido. O que Thierry tinha me ocultado era a data, o momento exato em que seríamos desalojados, talvez no dia seguinte, talvez dentro de algumas horas ou até mesmo nos próximos minutos. A morte de Luc era um aviso, uma advertência para que fôssemos todos embora.

— Não tinha mais os pés, as pernas foram cortadas pela altura dos tornozelos — Edouard se aproximou de Thierry. — Por que têm sempre de cortar um pedaço dos cadáveres?

Thierry abriu a boca, o suor lhe escorria pelo rosto:

— Por que sou eu que tenho de lhe dizer?

Decidimos ir juntos a Marfranc, chegamos depois do meio-dia e encontramos o povoado calmo, uma calma feroz, ninguém erguia os olhos para nos ver, o céu estava encoberto e tive a impressão de que trovejava em algum lugar impossível de definir, talvez em outro mundo. O cadáver de Luc já havia baixado da árvore e o homem que cuidava do nosso automóvel veio se oferecer para levá-lo a Port-au-Prince. Edouard insistiu em ir com eles, de passagem lhe entreguei minhas cartas para serem postadas, e os três saíram no Renault: dois homens vivos e um morto, um homem morto e sem os pés.

Thierry perambulava pelo povoado em busca de notícias. Sarah e eu ficamos à sua espera em um boteco sem nome, uma espécie de tenda fantasmagórica em que só se podia beber cerveja quente e aguardente caseira. O lugar era apertado, e naquela hora os clientes se resumiam a dois homens que bebiam sem falar e um casal que dançava ao compasso da música de um cassete. Ela não passava de uma garota, calculei sua idade entre doze e treze anos, talvez menos, e ele era um velho asmático e sujo, fedia a urina e levava sua dança a sério, apertando a boca engelhada, dentro da qual, com certeza, faltavam vários dentes.

Quando entramos, os homens que bebiam sem parar nos olharam de esguelha. Sarah pediu rum e se entreteve observando o estranho casal, a música chegava em ondas, era uma espécie de chachachá francês. Quando terminou, o velho foi sentar-se e a garota o seguiu, ambos pediram cerveja e beberam sem falar-se, a palavra de ordem na sala parecia ser o silêncio. Olhei para Sarah, que por sua vez olhava fixamente para o copo, era um copo enodoado com as bordas arranhadas.

— Estou prestes a encontrar a *Pereskia* — ela disse. — Será possível que nos expulsem agora?

— Já me expulsaram de outra montanha — respondi —, uma bem perto de Port-au-Prince, chamada Mont des Enfants Perdus.

— Ninguém jamais viu a flor fêmea — Sarah era mulher de uma única obsessão —, nem se sabe de que cor é o fruto, duvido muito que seja vermelho.

— Foi em princípios do século passado — comecei a contar, enchendo-lhe novamente o copo — que chegou a Port-au-Prince uma bruxa branca, era muito pálida e foi vista vomitando sangue. Estou certo de que era hemofílica, acabou por se transformar em um *loup garou*, uma espécie de vampiro. Reuniu uma colônia na montanha, levou para lá uns cinqüenta ou sessenta meninos órfãos, ensinou-lhes a sua magia. Ninguém interveio, ninguém fez nada em relação àqueles meninos, de vez em quando eles desciam da montanha, passeavam em grupo pela cidade, causavam medo às pessoas, tinham se tornado intratáveis, imprevisíveis, um bocado loucos.

Sarah voltou a olhar para o velho: a garota o abraçava, beijava-lhe a testa, acariciava-lhe a barba. O cheiro dele nos alcançava, e tudo o que ele fazia era mastigar em seco com a sua boca pregueada.

— Também havia algumas meninas no grupo. Pouco a pouco elas foram engravidando, algumas desmaiavam no meio da rua, mas ninguém lhes socorria, em Port-au-Prince tinham mais medo das fêmeas do que dos varões.

A garota beijou os lábios do velho. Jamais pensei que um beijo alheio pudesse me causar repugnância, houve um estalido acidental, e durante um momento um fio de saliva ficou no ar, ligando as duas bocas.

— Uma noite viram diversas fogueiras no alto do monte, e daí por diante os meninos não foram mais vistos, a bruxa desceu a Port-au-Prince e apanhou o primeiro navio de volta para a França. Ninguém a deteve, ninguém lhe perguntou pelos meninos, a montanha até então tinha outro nome, mas a partir daí as pessoas passaram a chamá-la de Mont des Enfants Perdus, Monte dos Meninos Perdidos.

 Sarah ia me perguntar algo, mas então se deteve e fez um sinal para que eu olhasse na direção da porta. Lá estava Thierry, olhando para lugar nenhum, muito grave e pesaroso. Me levantei e fui ao seu encontro.

 — Meu irmão Paul ainda não apareceu — disse. — Carmelite e Mireille não puderam ir para Bombardópolis.

 Pedi-lhe que se sentasse conosco. Os dois homens que bebiam sem falar se levantaram e saíram; o velho estava derreado sobre a garota, envaidecido e completamente embriagado. Ela também parecia um pouco tonta, olhava o vazio com seus grandes olhos semicerrados.

 — Se Paul não aparece é porque está morto.

 Thierry também cheirava a suor, molhava os lábios com a ponta da língua e pensei que iria pedir cerveja. Mas preferiu rum, pediu uma dose dupla, um grande copo que levou à boca com a mão trêmula e que bebeu como se fosse água.

 — Se pensam em ir embora, têm de ir já — disse bem lentamente. — Cito Francisque, aquele que limpou o Mont des Enfants Perdus, vem para cá limpar o Casetaches.

 Sarah olhou para o teto, olhou para as paredes carcomidas, concentrou-se de novo em seu copo, fez de conta que a advertência não tinha nada a ver com ela.

 — Se não forem, não sei o que poderá acontecer a vocês. Tanto podem deixar vocês vivos, como deixar mortos com um pedaço a menos. Conforme o pedaço arrancado, já se sabe qual foi o bando que fez o serviço.

— Não acredito que nos matem — Sarah balbuciou.
— Nos mandam descer e ponto final. Temos de esperar. Que mal podemos fazer lá em cima?

A garota que fazia companhia ao velho levantou-se a fim de pegar outra garrafa, caminhou um pouco por entre as mesas, como se lhe fosse difícil voltar a sentar-se. Olhei-a com atenção, era uma negrinha elétrica e musculosa, uma garota afeita ao trabalho pesado. Naquele momento ela fixou os olhos em mim e por um segundo talvez tenha tido a ilusão de que eu me interessava por ela, mas em seguida viu Sarah, branca e mal penteada, com um branco de cara cansada e semblante confuso. Pensando que éramos um casal mudou o olhar, estava habituada a perder.

— Se querem subir, subam — disse Thierry —, mas subam rápido, quanto mais rápido melhor.

Fiquei preocupado com seu tom e com a distância que estava tomando de nós. Tive a impressão de que não voltaria a subir conosco, possivelmente havia decidido permanecer em Marfranc, ou regressar a Jérémie, a fim de descobrir onde seu irmão Paul tinha se metido, ou descobrir o que haviam feito dele. Talvez fosse tratar de esconder Carmelite e Mireille em algum lugar seguro, ou quem sabe, fugir com as duas para Bombardópolis.

— Não entendo por que querem ficar aqui — insistiu Thierry, notando de repente a presença da garota, que estava de novo ao lado do velho e nos olhava com uma certa tristeza —, embora costumem dizer que a gente não morre onde quer, mas onde deve, onde a morte nos agarra.

A música do cassete recomeçou a ser tocada, era um chachachá francês com um estribilho pegajoso: *"Je ten pris ne sois pas farouche, quand me vient l'eau à la bouche"*, [Eu te peço, não se esquive, quando eu me sentir com água na boca].

— Nós vamos ficar — eu disse a Thierry, pondo minha mão em seu ombro. — Se quiser, pode voltar para Port-au-Prince, te entendo.

Tinha parado de suar. O rum devolvera-lhe a calma, e do alto de sua calma me dirigiu um olhar borrado, como se todos estivéssemos submersos.

— Cobrei adiantado. Vou subir com vocês, mas não sei como vamos descer.

— Com a *grenouille du sang* — respondi. — Desceremos com ela. E se chegarmos vivos a Port-au-Prince, juro que você ganhará uma avestruz de presente.

— A ave — Thierry murmurou.

Sarah respirou profundamente, e pela primeira vez em muito tempo mostrou seu sorriso, era um sorriso belo mas repleto de preocupações.

— Você disse uma avestruz?

Em 1992, desapareceram quatro espécies de rãs do Parque Nacional Cusuco, em Honduras. *Eleutherodactylus milesi, Hyla soralia, Plectrohyla dasypus* e *Plectrohyla teuchestes*, cujas populações eram numerosas na região, não tinham, até então, dado sinais de problemas de habitat ou extinção.

As rãs desapareceram sem deixar rastro, não se encontrando nem mesmo um girino de qualquer dessas quatro espécies em todos os cursos e reservatórios de água da área.

Os biólogos enfatizaram "a natureza catastrófica e inexplicável" de tais desaparecimentos.

Cité Soleil

MENTI PARA BLANCHE. Disse-lhe que Fru-Fru era a mulher que havia acabado de me criar depois da morte de minha mãe. Blanche acreditou, até porque Fru-Fru não tinha cara de outra coisa, estava envelhecida e era uma pessoa diferente. No cemitério, quando saíamos do enterro de Julien, ela me tomou a mão e pediu que a levasse para longe, que a levasse para ver algum lugar bonito, do qual pudesse lembrar-se na hora de sua morte. Nunca havia saído de Jérémie, tudo que lembrava de bonito eram os banquetes da família, e até aqueles banquetes tinham terminado mal. Pensei, portanto, em levá-la a Port-au-Prince. Pedi a Carmelite que arrumasse uma maleta, e viajamos por mar.

Não existia mais *Le Signe de la Lune*, aquele barco grande e pintado de novo, no qual eu tinha viajado para conhecer Papá Crapaud, não sei se havia afundado ou se o haviam levado para Cayes, de Cayes saíam os barcos que levavam passageiros para Jacmel. Agora, o que existia era uma lancha a vapor chamada *Yankee Lady* — sempre me amarro nos nomes das embarcações e me pergunto por que será que foram batizadas com eles —, uma velha máquina, ruidosa e desgastada, que não parecia capaz de chegar a lugar nenhum. O pedaço de mar que vai de Jérémie a Port-au-Prince tem uma cor diferente dos outros mares que conheço, se encrespa de outra maneira, levanta uma titica de espuma, meio amarelada, que até parece espuma de urina ou então de cerveja ruim.

Com Fru-Fru a tiracolo subi bem cedo no *Yankee Lady*, os que chegaram mais tarde tiveram de fazer a travessia agarrados aos paus da coberta, ou em cima do teto, ou dentro do porão, que era um inferno sem janelas e com a horrível inhaca dos animais. Os negociantes que iam a Port-au-Prince vender suas mercadorias pagavam um pouco mais para viajar na parte superior e amarrar lá embaixo seus cabritos, acomodar seus engradados de frangos, seus porcos acastanhados, todos os animais iam juntos, acompanhados de alguns cristãos que não tinham encontrado um buraco melhor para se meter durante a viagem.

Subimos e nos acomodamos em um dos assentos com vista para o mar. A maleta de Fru-Fru ia embaixo dos meus pés. Dentro ela levava sapatos brancos, tinha posto um vestido engomado, e usava um chapeuzinho azul, do chapeuzinho descia um pedaço de véu que lhe cobria metade do rosto, era um véu transparente e eu podia ver os olhos dela. Em vez da bolsinha preta que eu tinha visto no velório, em cima da saia de Fru-Fru viajava uma bolsa grande, com o nome dela bordado no tecido.

Estivemos calados durante algum tempo, peguei sua mão e disse que em Port-au-Prince queria que ela visse aquele bonito e famoso hotel onde eu havia conhecido Papá Crapaud; que lá existia um piano verde, e que à noite ia cantar lá uma mulher chamada June, que ficava descalça em cima do piano verde. Fru-Fru me perguntou se eu tinha deixado mulher em Port-au-Prince, e então lhe falei de Maude, do filho que perdemos e da filha que havíamos tido e que se chamava Yoyotte. Uma filha pequenina como um girino, que andava sempre doente. Em seguida lhe falei de Suzy, aquela enfermeira que sabia fazer umas coisas e outras não, mas que tinha de fazer de tudo no hospital de Port-au-Prince. Não lhe contei que uma noite ela me foi tomada por Julien, é bom deixar os mortos em paz. Confessei, finalmente, que de todas as mulheres que eu havia conhecido, Blanche era a que mais se parecia com ela. Íamos ficar dois dias na casa de Blanche, expliquei que ainda não havia conseguido minha própria toca porque desde a separação de Maude eu andava aos trancos e barrancos: primeiro tinha ficado uns dias no cubículo de Jean Leroy; outros na casa em que Suzy vivia com sua mãe; e depois de ter terminado com Suzy, outra vez na casa de Leroy. Agora estava com Blanche e achava que as duas iam se dar muito bem.

— Ela sabe que você dormiu comigo?

— Sabe que é como se você fosse minha mãe.

Fru-Fru levantou o pedaço de véu que descia do chapeuzinho e me olhou com raiva.

— Com as mães os homens não se deitam.

Deixou cair o véu e se virou para o mar, havia outras embarcações atracadas junto ao *Yankee Lady*, além de muitos botes, um homem nu limpava com baldes de água a coberta de um daqueles botes. Fru-Fru parou os olhos nele, o homem tinha uns braços compridos, como se fossem cobras vivas, e uma cabeça redonda de tartaruga, pequena demais para o seu corpo de estivador. Minutos mais tarde vimos o homem de perfil, urinando no mar.

— Antes — Fru-Fru disse —, o que mais eu gostava era de ver os homens urinando.

Continuei calado. O homem do bote sacudiu sua vergonha e continuou a limpeza com os baldes de água.

— Naquela noite em que teu pai me mandou subir ao Casetaches, vi um homem urinando de um jeito que me deixou louca. Olhei para o lado oposto, para o cais e para os vendedores que começavam a chegar com seus cestos. Aos poucos o barco ia se enchendo de passageiros. À nossa frente sentou-se uma mulher com suas crias.

— Era o homem de Port-au-Prince que tinha vindo com o estrangeiro. De madrugada ouvi ruídos do lado de fora, olhei pela janela, me pareceu que era ele, então saí com a lamparina e lá estava o próprio, aguando as ervas. Ele me pediu que apagasse a lamparina e não deixou que fosse acesa de novo até o dia amanhecer, e aí fui te acordar, estava na tua hora de sair para o Casetaches. Peguei o ar com a boca aberta, às vezes é assim que a gente tem de pegar o ar, engolir com tudo que vem dentro dele. Uma das crias que estava na nossa frente, uma garota, começou a tossir. Me lembrei de minha filhinha Yoyotte.

— O estrangeiro e o homem de Port-au-Prince estiveram o dia todo passeando por Jérémie. Tu ias serra acima, procurando a louca do Casetaches, e teu pai andava por longe, por Saint Louis du Sud, estava por lá para ser contratado por alguém. Quando caiu a noite, eu e teu irmão comemos com aqueles homens. O estrangeiro não quis nos falar e deitou-se no catre, mas o de Port-au-Prince ficou um tempo jogando com Julien. De madrugada ele foi à cama de teu pai e se deitou comigo, eu lhe disse que teu pai podia chegar de madrugada, e então ele me disse que a gente podia sair. Saímos e eu pedi que ele urinasse, eu queria ver. Me perguntou se não queria ir com ele para

Port-au-Prince, lá todos os dias eu podia vê-lo urinando. Teu pai chegou de manhã e se meteu na cama, aquela cama estava fria, eu tinha passado a noite ao ar livre. Chegou com gana de trepar, e foi por isso que eu não pude ir para Port-au-Prince. A sirena do barco soou três vezes, mas ainda havia muita gente subindo, se empurravam, uns ficavam pendurados, um pé no degrau outro no cais, gritavam insultos. Uma galinha caiu na água e um homem pulou para pegá-la, veio com ela meio sem vida, abrindo o bico e esguichando petróleo. Fru-Fru podia até estar ressecada, podia se ver como uma pessoa diferente, mas os lábios eram os mesmos de sempre, saborosos e muito pintados, senti raiva por mim e por meu pai pelo fato de aquele haitiano de Port-au-Prince ter trepado com ela do jeito que bem quis. E ele ainda havia recebido um bocado de *gourdes* do estrangeiro para ajudá-lo a entender-se com meu pai.

— Teu pai trepava com todas. Sabias que ele trepava com tua mãe e com Yoyotte Placide, e que as duas contavam tudo uma para a outra?

Movi a cabeça dizendo sim. Fru-Fru estava começando a suar, vi as gotinhas no rosto dela e perguntei se não tinha trazido um leque. Abriu a bolsa e tirou de dentro um leque muito antigo, aquele da cara de Papá Doc de um lado e do outro o mapa do Haiti, e me deu o leque, assim, em vez de me abanar, fui eu quem abanou Fru-Fru.

— Noutro dia apareceu o pai de Carmelite. Tu andavas procurando rã com Papá Crapaud. Teu pai, como sempre, estava em Bombardópolis. Eu estava só em casa, sozinha com Carmelite, e o pai dela veio saber se era verdade que vivíamos com Thierry Adrien. Foi ficando e pediu água. Em seguida mandou que Carmelite fosse lhe comprar cigarros, e então me obrigou a fazer o que ele queria, e logo na cama de teu pai. Não disse que teu pai podia chegar a qualquer momento, porque o que eu queria mesmo era que chegasse e o lascasse com uma só. Mas teu pai não chegou, ele terminou satisfeito, e se levantou para ir fumar os cigarros que Carmelite lhe trouxe.

O calor aplacou-se assim que ganhamos o mar aberto. Fru-Fru deixou de falar, a cria que ia adiante de mim vomitou na saia da mãe. Eu também senti vontade de vomitar, me levantei, me segurei na borda e botei fora o café da manhã. Quando voltei, Fru-Fru me deu um lenço para limpar os lábios.

— Uma vez eu te vi urinando. Ficaste um bom pedaço urinando e pensando.

Devolvi o lenço. Fru-Fru sorriu.

— Foi depois da morte de teu pai. Foi por isso que me ofereci para lavar a tua roupa.

Também sorri e passei-lhe o braço por cima dos ombros. Parecíamos marido e mulher. Um marido com uma mulher que podia ser sua mãe.

— Foste o último que eu vi urinando.

Levantou a cabeça para me olhar e eu lhe dei um beijo nos lábios, aqueles lábios que continuavam a ser gordos e arroxeados, mesmo que ela estivesse tão acabada.

Pelo meio da tarde chegamos a Port-au-Prince e fomos para a casa de Blanche. Se entenderam desde o primeiro momento, falavam muito e isso me deixava contente. De noite eu dormia com Blanche, sabendo que Fru-Fru estava do outro lado do tabique, tratava de não fazer barulho, e Blanche, que era mulher decente, também não fazia nenhum. Uma tarde disse às duas para se arrumarem, porque iríamos tomar um trago no Hotel Oloffson. Blanche perguntou se eu tinha certeza de que iam deixar a gente entrar, expliquei que todos ali me conheciam desde os tempos em que eu trabalhava com Papá Crapaud. Naquele dia Fru-Fru via a si mesma um pouco menos envelhecida, pôs outro vestido engomado, e passeamos até muito tarde pelas ruas de Port-au-Prince. Quando voltamos para casa Blanche quis que a gente abrisse mais uma garrafa, estava embriagada e era embriagada que pretendia continuar. Com a língua embolada, Fru-Fru disse que queria me falar alguma coisa, que um dia desses ia morrer e então me convinha saber aquele segredo. Comecei a suar frio, olhei para Blanche, tive medo de que Fru-Fru fosse falar de nós, mas não era esse o seu segredo, e sim o de sua filha Carmelite. A menina que Carmelite havia tido com Jean Pierre, aquela Mireille que havia nascido tão fraquinha, não era de Jean Pierre, mas de meu irmão Paul.

— Isso não muda nada — eu disse muito aliviado. — De um modo ou de outro é minha sobrinha.

— Algum dia terás que falar disso — Fru-Fru insistiu.
— Quero que contes isso ao teu irmão.

Prometi, embora não tenha ficado claro qual dos irmãos teria de ouvir a história. No final das contas achamos muita graça e bebemos para festejar aquele enredo.

Blanche, que também se dedicava à costura, tinha muito tempo livre, e por isso saía de vez em quando com Fru-Fru, levava a amiga para passear quando eu estava em meu trabalho, compravam cortes de tecidos e tomavam uma cerveja aqui e outra ali. As duas fizeram para mim uma camisa da cor da *grenouille du sang*, eu sempre tinha sonhado com uma camisa vermelha.

Na noite antes de Fru-Fru voltar para Jérémie nos despedimos no Samedi Night Club. Não era mais um lugar tão elegante, e o Bulevar Allégre também não era mais um lugar muito animado. Os espelhos do bar estavam quebrados e a clientela já não era a mesma. Tive o cuidado de não falar de

Julien, há uns mortos que não sabem descansar. Dancei uma parte com Blanche, e Blanche, que era uma boa mulher, me pediu em voz alta: "Dança com tua mãe." Abracei Fru-Fru, apertei com força todos os seus ossos, e até aqueles ossos me lembravam coisas. Ela notou, e perguntou por que eu não voltava para Jérémie; apertei um pouco mais e respondi que em Jérémie não tinha lugar para mim. No dia seguinte não deixei que Blanche nos acompanhasse ao porto, saí cedo com Fru-Fru, a pretexto de conseguir um bom lugar no barco, e então levei Fru-Fru para a toca de Jean Leroy, que estava ausente.

— Eu sabia que a gente não estava indo para o porto — disse Fru-Fru. — Achas que um homem pode trepar com a mãe?

Os ossos de uma mulher não mudam. Os de um homem também não. Foi com os ossos que trepamos naquele dia, e parecia que eles queriam sair dos nossos corpos para se misturarem e morrerem naquele lugar. E ali morreram: Fru-Fru não se mexia, eu também não, mas a gente tinha de se mexer. Sem abrir os olhos, ela me agarrou pelo braço e perguntou aonde estava indo.

— Vou urinar.

Me agarrou ainda com mais força, tinha uma boca que não necessitava de nada, e com essa boca me ordenou.

— Urina aqui.

Quando terminamos ainda estava em tempo de apanhar o barco, e ela quis ir. Prometi que ia vê-la em Jérémie, e fui muitas vezes, até que ela ficou tão velha que começou a me confundir com meu pai, e me perguntava por Claudine, que era minha mãe, e pelos seus cinco filhinhos, que éramos eu e meus irmãos. Nunca perguntou por Julien, acho que apagou o filho da alma.

Com Blanche tive meu terceiro filho. Foi um varão, e como o primeiro tinha morrido, e a segunda, minha pobre filhinha, estava para morrer, pensei muito antes de dar-lhe um nome. Blanche queria que se chamasse Thierry, mas eu disse que esse nome lhe traria má sorte. Em seguida ela quis que, como seu pai, se chamasse Henri, mas o velho já andava muito doente, não queria que meu filho, junto com tal nome, herdasse também a doença. Pus nele o nome de Charlemagne, que sempre me pareceu um nome de macho, era o nome daquele meio-irmão de Yoyote Placide, que vivia de produzir venenos em Gonaïves.

Uma noite, pouco depois do nascimento de Charlemagne, Maude mandou me chamar, porque nossa filhinha, aquela Yoyotte que não tinha nem quatro anos, acabava de morrer no hospital de Port-au-Prince. Blanche me acompanhou no enterro, e foi então que conheci o novo marido de Maude, me pareceu um homem direito, mas não lhe dei a mão. Não se dá a mão a um homem que cospe no prato em que já comemos, por mais direito que seja.

Tempos depois tornei a emprenhar Blanche, que teve de abandonar as costuras, porque estava criando uma barriga, além de grande, bicuda. Tive a impressão de que ela ia parir gêmeos, a parteira disse que podiam ser até três, mas que Blanche já não tinha idade para botar tantas crias para fora. Dois dias antes que os gêmeos viessem ao mundo — um se salvou, o outro já saiu morto —, recebi um chamado da Sociedade, e me ordenaram que matasse um homem. Como eu tenho o corpo listrado, o jeito foi obedecer. O homem se chamava Paul Marie e acabei com ele a facadas. Nunca se usou outra coisa para fazer os acertos de contas da Sociedade. Com sangue se adora, e com sangue se acorda o mundo. Muito mudei depois de ter cometido aquela morte. É uma coisa que faz um homem mudar.

Breakfast at Tiffany's

SARAH RECOLHEU SUAS BAGAGENS e instalou-se conosco, dividiríamos a mesma tenda. Não estava certa de que Edouard pudesse regressar. Thierry tinha informações de que os caminhos de Jérémie para Marfranc estavam bloqueados, havia soldados por toda parte impedindo a passagem, os soldados avançavam na direção da montanha e de um momento para o outro começariam a subir. Calculamos que nos restavam provisões para quatro ou cinco dias, e era esse o tempo de que dispúnhamos para encontrar, em meu caso a rã, e no de Sarah o cacto, seu exemplar feminino de *Pereskia quisqueyana*, essa garota absurda que se escondia em algum local do Casetaches.

Ela continuava a levantar-se ao amanhecer, na hora em que regressávamos ao acampamento. Durante dois dias fizemos juntos o desjejum, café solúvel com biscoitos, e também a ceia, quando comíamos torta de farinha de mandioca e sardinhas no azeite. Dei graças por serem no azeite, detesto sardinhas em molho de tomate. Quem comia diariamente sardinhas com tomates, fosse qual fosse a comida que lhe servissem, era o vietnamita da fazenda de meu pai, Dino, Vu

Dinh, aquele chino imprescindível. Durante o verão nos sentávamos juntos à mesa, na varanda que dava para os currais, meu pai sempre almoçava com os empregados e eu os acompanhava por ocasião das férias. Infelizmente o cardápio variava pouco: filé de avestruz com vegetais; avestruz refogada com abóbora; pastelão de cenoura e avestruz. Jamais frango ou pescado, jamais uma carne de boi. Como fazendeiro, meu pai não dava a menor trégua aos seus concorrentes. Concorrentes desleais, ele acusava, que se aproveitavam da falta de imaginação dos consumidores.

A loura das incubadoras se sentava ao lado de Vu Dinh e lhe roubava um pedacinho de sardinha. Havia um garoto pele-vermelha, mudo por vontade própria, que ajudava na limpeza dos currais e costumava sentar-se ao meu lado. A seguir vinha o velho que cuidava do armazém, e os dois homens, dois irmãos, que juntamente com meu pai se encarregavam do trabalho pesado: alimentar as aves adultas, trocar três vezes por dia a água que bebiam, prendê-las quando necessário, derrubá-las para que o veterinário pudesse examinar um pescoço, um bico, uma pata que não se apoiava bem, e antes de tudo o papo. Do papo de uma avestruz se podia esperar qualquer coisa.

— Um momento — sussurrou Thierry. — É ela, se Deus quiser.

Aquele era o nosso terceiro dia na montanha, o terceiro da nossa última rodada de expedições, não haveria mais nenhuma outra. Acabávamos de sair do acampamento, havíamos andado no máximo vinte minutos e nos encontrávamos em uma área pouco apropriada para que nela pululassem rãs, e muito menos a *grenouille du sang*. Era uma encosta bastante seca, sem ervas nem bromélias, e naquele momento pensei que a ansiedade de Thierry pelo

término daquela busca estava lhe provocando uma alucinação.
— Com a vontade de Deus...
Caía a tarde, mas ainda restava alguma luz, uma luz plácida e amanteigada, que deslizava lentamente por entre as árvores e, tornando-se líquida, enroscava-se em remansos pelo chão.
— Estou sentindo o cheiro dela — Thierry voltou a falar. — Vamos ter de esperar que escureça.
— Não é possível ela estar por aqui — eu disse. — Essa não é a vegetação. Melhor subirmos.
— Anda perdida, mas é a diaba. Ouvi a voz dela, senhor.
Me apoiei num arbusto e soltei um arroto com gosto de sardinha. Quando noivamos, Martha foi comigo à fazenda, era verão, ela demorou apenas uns dez ou quinze dias, e nesse meio tempo me ajudava a lavar os ovos das avestruzes. Ensaboava e esfregava com muita destreza, parecia-lhe que em vez de ovos estava lavando pratos. A mulher das incubadoras, a loura eficiente, ignorava-a. Era a mim que passava as instruções, e eu as transmitia a Martha, em quem ela via uma intrusa, a típica universitária frívola que vai ao rancho apenas para não largar o rabo do noivo. Não é minha essa expressão, é de meu pai, e foi usada depois de Martha deixar a fazenda. Mostrou-me o recorte de jornal em que aparecia nossa foto, anunciando aquilo que chamam de "esponsais", e me perguntou se não me envergonhava daquilo, respondi-lhe que para mim tanto fazia aparecer como não aparecer. A avó de Martha, que era muito detalhista, havia tomado o encargo de mandar a foto com uma pequena nota, e assim fomos cair na página social, ao lado de outras duplas que pensavam em casar-se no próximo verão, ou que haviam se casado naquele dia.

— Vamos subir mais — sussurrei para Thierry, que estava deitado de bruços, a barba roçando a terra, os olhos fitos em lugar nenhum, todos os sentidos concentrados em sua orelha redonda e negríssima. — Não pode estar aqui — acrescentei —, onde iria se meter? As rãs mais jovens às vezes se desorientam e se perdem; não tendo malícia, expõem-se a condições perigosas. Em quase todos os anfíbios a capacidade de proteger-se e ocultar-se é uma conduta aprendida. As poucas *grenouille du sang* que restavam no mundo, se é que alguma restava, tinham forçosamente de ser adultas. E não fazia sentido um exemplar adulto se comportar daquela maneira temerária.

— Com a vontade de Deus, senhor...

Não sei se rezava, implorando aos seus "mistérios", aos seus *loas*, aos seus deuses impenetráveis e noturnos, que pusessem a rã no seu caminho. Só nos restavam aquela noite e a seguinte, tempo escasso para nos despedirmos do Casetaches, e depois que nos despedíssemos dali não haveria outro local onde procurar a rã. Seria também uma despedida do Haiti e do *Eleutherodactylus sanguineus*. O mais difícil seria ligar para Vaughan Patterson. Os herpetólogos não entendem certas coisas. Com Patterson não se podia falar de qualquer assunto alheio aos anfíbios, desprezava os colegas que estando ao seu lado se referissem a algo tão vulgar, tão desnecessário, tão banal como uma cátedra desocupada na universidade, o aniversário de um filho, a doença de um pai. Se não conseguisse capturar a rã, o que iria dizer quando telefonasse para o seu laboratório de Adelaide, como lhe explicar que o Haiti não era apenas um lugar, apenas um nome, um monte com uma rã sobrevivente? Como lhe falar de Cito Francisque, o homem que havia me expulsado a pau do Mont des Enfants

Perdus? Como lhe contar que alguns animais eram assados vivos, que havia poeira e pestilências, abomináveis, impensáveis, desconhecidas pestilências? Como lhe descrever as ruas, os leques abertos, a bosta humana em cima das calçadas, os cadáveres matutinos, a mulher sem as mãos, o homem sem o rosto? Como conseguir que Patterson, morrendo de leucemia, sua vida pendente do fio da curiosidade, do rigor, da paixão científica que o ligava àquela rã, compreendesse que Luc, o guia dos botânicos, tinha ido para a sepultura sem os pés, e que Paul, o irmão de Thierry, talvez estivesse apodrecendo em uma esquina, com um pedaço de carne a menos? Como, Deus meu, meter-lhe na cabeça que o Haiti estava acabando, que a montanha de ossos crescendo ante nossos olhos, mais alta do que o pico Tête Boeuf, era tudo que restaria do país?

— É a diaba — Thierry disse aflito —, se abaixe para ver...

Acendeu sua lanterna, mas eu mantive a minha apagada. Deixei-me guiar pelo caminho de luz que ele ia abrindo, comecei a me arrastar sem fazer ruído, apoiado nos cotovelos, respirando o mínimo, mantendo a cabeça baixa.

— Está vendo?

A luz imobilizou-se. Havia uma pedra ao lado de um pequeno tronco, um pouco de erva ao pé daquele tronco, ergui a cabeça para olhar e fiquei paralisado.

— Diga que não estou sonhando — Thierry murmurou —, diga que estou vendo.

A rã estava de costas, vi seu dorso esbraseado, distingui com clareza suas patas, os dedos de um tom mais claro do que o resto do corpo. Imóvel, parecia uma espécie de casulo venenoso, uma fruta, uma pequena víscera radiante.

— Então me diga, senhor.

Mandei que avançasse, agora não podia mais afastar a luz de cima da rã, ela poderia saltar e desaparecer, tínhamos de olhar para ela até que nossos olhos se queimassem, segui-la aonde quer que fosse, morrer, se necessário, para não perdê-la. A *grenouille du sang* acomodou uma de suas patas traseiras, mas não se moveu.

— Deve estar doente — sussurrou Thierry.

Estávamos quase em cima dela, e então ela saltou, foi um salto muito curto, que nem sequer a fez sair do nosso campo visual. Mas agora estava de perfil, a luz lhe apanhava de lado, iluminando a meia-lua prateada de seu olho. A emoção que seu aparecimento, sua cor forte e sua quietude não me haviam trazido, chegava-me agora com aquela linha, aquele pequeno brilho de espelho ao redor de seu abismo interior: uma pupila que brilhava com a força absoluta de um presságio.

— É sua — Thierry me animou.

Disse-lhe que iria dar a volta por trás do arbusto a fim de me situar em um ângulo mais apropriado. O melhor era que ele permanecesse onde estava, mantendo-a sob o foco, seus cinco sentidos presos à rã.

— Vá com calma.

Calculei que cada passo em direção à rã me custaria de cinco a seis segundos, e que chegar a um ponto de onde pudesse alcançá-la me tomaria um total de três minutos, aproximadamente. No final de contas me tomou um pouco mais de tempo, e nesse lapso ouvimo-la cantar. Foram dois chamados curtos e poderosos, a voz regurgitando em um chamado a ninguém, um som de desespero e solidão, vindo do mais fundo de si.

— Peguei-a!

Era um macho adulto, já bastante idoso pelo que pude deduzir da pele das patas e da cabeça, e portanto desnorteado pelos anos. Tive a sensação de estar diante de um exemplar longevo, uma criatura que havia se esquecido de morrer, ou que se refugiara em algum lugar onde não chegou o aviso, se é que houve mesmo um aviso. Guardei-a na bolsa de plástico, que enchi de musgos e folhas de fetos, e em seguida pus a bolsa em um compartimento interno que havia reservado para ela na minha mochila.

— Será que não há outra por perto?

Thierry, que me iluminava com sua lanterna, sorriu como estivesse assistindo ao desenrolar de um episódio planejado de antemão, para encerrar uma brincadeira maldita.

— O senhor sabe. Esse bicho tem muitos anos. Não há outro, ele é o último.

Mesmo assim, ficamos ali um pouco mais. Thierry lembrou que era necessário prestar homenagem e pagar tributo a Papá Lokó, o dono das árvores, das bromélias e de todo mato vivo ou morto: "O dono, senhor, é aquele que mija mais forte na montanha." Trazia uma garrafinha de rum na mochila, abriu-a e derramou um pouco no chão, me passou a garrafa para que eu bebesse um trago e em seguida foi a sua vez de beber. Voltamos para o acampamento, era meia-noite e pensei que Sarah estivesse dormindo. Iríamos acordá-la, chamá-la para mostrar-lhe a *grenouille du sang*, para que também bebesse uma golada generosa na boca da garrafa.

Sarah estava acordada, muito pálida, nos esperando. Não conseguiu pregar o olho por causa dos disparos, primeiro foram rajadas distantes, provavelmente aconteciam em Marfranc, em seguida as ouviu bem perto, ela se perguntava se eles já estariam subindo. Devido a essa circunstância não deu muita importância ao fato de que tínhamos conseguido apanhar o *Eleutherodactylus sanguineus*.

— Tenho de ficar — ela me disse, e imaginei que já se via sozinha na montanha. — A quem posso incomodar ficando aqui?

Thierry se ofereceu para descer. Conhecia várias trilhas que o deixariam em Marfranc antes do amanhecer. Saberia como andar pelo povoado, averiguar o que estava se passando por lá, e também a situação da rodovia que ligava Marfranc a Jérémie.

— Ficarei trabalhando com a rã — disse a Thierry. Ele sabia que eu tinha de conservá-la.

— Dê meu adeus a ela. Essa diaba é sagrada.

Sarah se ofereceu para me ajudar. Alegou que estava sem sono, que havia acordado com o barulho de tiros, e prometeu que só iria dormir depois da volta de Thierry. Acho que no fundo tinha medo de que alguma coisa houvesse acontecido ao francês, embora não o dissesse, era incapaz de revelar um sentimento, nesse ponto me lembrava um pouco Vaughan Patterson: não dava importância, não tolerava que lhe falassem de outra coisa além daqueles cactos. Enquanto trabalhava com a rã, comentei que teria de levá-la pessoalmente à Austrália, o destino do animal era um laboratório da Universidade de Adelaide.

— Pois eu, quando encontrar a *Pereskia* — Sarah confessou —, vou entregá-la ao Jardim Botânico, e depois sigo para casa, ligo a televisão e tomo o café da manhã assistindo um filme.

Me pus a rir. Estive uma única vez no Jardim Botânico de Nova York, porém me mantive mais dependente dos anfíbios do que de qualquer outra coisa. Nesse tocante eu me parecia com Papá Crapaud: meu mundo era exclusivamente o das rãs, e as tripas das rãs, como bem dizia Thierry, são incapazes de iluminar a vida de um homem. Decidi que ao voltar para casa, antes de partir para Adelaide, deixaria minha situação com Martha resolvida de uma vez por todas.

— Vou tomar o café da manhã assim que entregar esse cacto, nem que sejam onze horas da noite. Compro café, torradas, e me se sento na frente da televisão.

Então me contou que tinha visto *Breakfast at Tiffany's* pelo menos sessenta vezes. Audrey Hepburn tomava seu café olhando as vitrinas de uma joalheria, e isso a apaziguava. Já no caso de Sarah, o que a apaziguava era olhar para Audrey Hepburn apaziguando-se com as jóias. Era como um círculo. Ou como um sonho dentro de um sonho.

Thierry voltou no decorrer da manhã. Eu já conhecia aquela sua expressão alucinada, aquela sua cara de assombro, um cômico estupor no olhar: metade burla, metade medo. Eu já havia percebido que aquele era um traço perfeitamente haitiano.

— Se esqueçam de Marfranc.

Sarah olhou para mim, e eu pedi a Thierry que se sentasse. Ainda estava de pé, como um visitante ocasional, como um espectro.

— Daqui até Jérémie o jeito é ir pelas veredas. E de Jérémie até Port-au-Prince, de barco.

Perguntei-lhe pelo automóvel, o Renault que havia tomado o caminho da capital, com Edouard, o homem de Marfranc ao volante e mais o cadáver de Luc.

— Não voltaram — disse Thierry.

Começamos a desfazer o acampamento. Thierry nos avisou: quanto mais rápido saíssemos, maiores possibilidades teríamos de chegar inteiros a Port-au-Prince.

— Eu fico — Sarah disse.

Thierry parou para olhá-la. Ela retorcia as mãos.

— De um momento para outro vou dar com a *Pereskia*, não acredito que eles possam se sentir molestados por uma simples mulher, como é que eu posso molestá-los?

Traduzi suas palavras para Thierry, que ficou um momento pensativo e depois voltou ao seu trabalho, recolhendo todos os frascos, papéis e mochilas. Em dado momento voltou-se e fixou os olhos em Sarah, que parecia hipnotizada pela nossa movimentação.

— Se ficar aqui, morrerá amanhã. Leve-a à força, desci com a mulher do estrangeiro amarrada.

Tentei trazê-la de volta à razão, falamos enquanto meu equipamento era organizado: três mochilas amontoadas na porta da barraca, um caderno repleto de notas e meia dúzia de gravações. Ali estava a voz da *grenouille du sang*, o aviso territorial e solitário, a surpresa do mundo, aquele canto perpetuamente horrorizado.

— Vou ficar — Sarah repetiu, fechando-se em definitivo.

Fui até onde estava Thierry e durante um momento estive pensando em voz alta. Já não sabia o que dizer, confessei, nem a que medos e horrores teria de apelar para convencê-la.

— Ela não quer se mexer — concluí.

— Nenhuma quer — disse Thierry. — Todas ficam perturbadas. Faz tempo que lhe disse, ela só sai à força. Também posso amarrar essa aí.

— Não podemos, Thierry, não está louca.

— Está. E isso pouca importa a Cito Francisque. Seja como for, arrancará a cabeça dela.

Não fiz novas tentativas. Pendurei minhas duas mochilas em um ombro, fui até Sarah, estendi-lhe a mão, retive a sua por um momento, era a mão que sondava a floresta e afastava a terra, a mão ansiosa e áspera que tanto se parecia com a minha. Ela detestava despedidas, mas foi capaz de suportar aquela com tranqüilidade. Em seguida virou-me as costas, apanhou sua mochila e caminhou no rumo oposto, fiquei a observá-la até que desapareceu nas trilhas da encosta.

Escapamos, eu e Thierry, fazendo uma grande volta pelos arredores de Marfranc. Ele chegou a entrar no povoado para procurar comida e averiguar de que modo poderíamos nos aproximar de Jérémie. Havia pouca animação no povoado, de fato nenhuma: seis mortos eram velados em suas próprias casas, mas ainda assim conseguimos umas latas de sardinha e alguma coisa forte para beber. Além disso, resolvemos a questão do traslado para Jérémie pagando a um homem para nos levar em sua motocicleta. No porto de Jérémie procuraríamos o *Neptuno*, um *ferry* que ia direto para Port-au-Prince, Thierry tinha tudo planejado, não podíamos correr o risco de viajar pela rodovia. Isso significaria, no mínimo, abandonar todas as mochilas com os equipamentos, inclusive — disse baixando a voz — a *grenouille du sang*.

Chegamos a Jérémie de madrugada. Fomos diretamente para a casa de Thierry, onde não encontramos nem Carmelite nem Mireille.

— Talvez Paul tenha aparecido — ele disse. — Talvez tenha levado as duas.

Era a primeira vez que eu tomava um banho em vários dias. Também era a primeira vez que comia algo quente: Thierry fez um caldo e o tomamos ao amanhecer. Em seguida saímos, não era conveniente ficar muito tempo naquela casa. O *Neptuno* zarpava no meio da tarde, e para matar o tempo fomos visitar um velho amigo de seu pai, um daqueles homens do grupo de caçadores. Enquanto eles conversavam, apoiei a cabeça no meu saco de viagem e dormi sem interrupções até que Thierry me despertou com uma sacudida.

— Vamos para Port-au-Prince.

Dobrei o saco, aceitei um copo de rum a título de despedida, e lembrei-me de Sarah. Fomos caminhando até o porto, o barco me pareceu um desastre, mas felizmente a viagem seria bastante curta. Aquele pedaço de mar, tão diferente e tão encrespado nas lembranças de Thierry, transformara-se, de repente, na nossa única saída. Nos acomodamos, com nossos pertences, bem perto da proa, e dois homens que carregavam um cabrito vieram sentar-se ao nosso lado. Um estava descalço, o outro usava sandálias trançadas; Thierry também usava sandálias, mas as suas estavam sujas de barro. A embarcação começou a mover-se e novamente me senti sonolento, tomei a mochila em que havia escondido a *grenouille du sang* e a apertei entre os braços. Thierry me olhava, e então se pôs a me contar umas coisas tristes, uma espécie de confissão, falou do homem que havia passado na faca, e falou de toda a sua família. Percebi que ele próprio era uma espécie de agonia, um animal encurralado, um homem excessivamente solitário.

— Tenha cuidado com a rã — foi a última coisa que ouvi de sua boca. — Segure essa diaba com força.

Neptuno

TENTEI ME ESQUECER de que matei aquele homem. Merecia o castigo, merecia mais do que aquilo: compreenda, ele pegou uma ponta de osso com os dedos, com os dedos dos pés, porque de outro modo não serviria, foi até o Ireme, um dos chefes mais altos da Sociedade, e ali mesmo lhe riscou as costas. As costas de um Ireme são sagradas, e ele o destruiu, fez dele um morto, fez dele mulher. É a desgraça maior que pode acontecer a um *abakuá*.
   Diz-se que fizera aquilo por vingança, por causa de uma discórdia que tinha a ver com o trabalho deles, os dois eram estivadores. Mas fui eu o designado para acabar com ele, é o tipo de coisa que te toca um dia ou não te toca nunca, e a mim tocou, fui indicado pelo Fundamento, me deram a ordem e fui procurá-lo.
   Cheguei de manhã a uma rua que se chama Rue Chantal, é lá que está o ponto de vendas das maçãs, o único lugar em Port-au-Prince onde se vendem maçãs francesas. Parei diante do monte de frutas, vi o homem caminhando na minha direção, eu não o conhecia, mas o saudei como se saúda um irmão, e fazendo a saudação lhe tirei a vida.

Daí fui para minha casa, abracei Blanche e meu filhinho Charlemagne, é isso que se tem de fazer quando a gente acaba com um homem. A Sociedade me conseguiu um trabalho em Saint Michel de L'Attalaye, e para lá me mudei com minha família.

    Os dois varões cresceram, meus dois filhos. Charlemagne se tornou marinheiro, como seu padrinho Jean Leroy, pescava atum bem longe do Haiti, e já adulto morreu afogado, dentro da mesma rede com que pegavam o pescado, enredou-se nas cordas com um peixe diferente, disseram que pretendia devolver aquele peixe, e o peixe levou o rapaz para o fundo. Honorat era o nome do gêmeo que saiu vivo da barriga de sua mãe, mas foi outro que não teve tempo de envelhecer os ossos, morreu numa refrega por causa de mulheres. Como vê, cheguei a ser pai, mas fui perdendo os filhos pouco a pouco. E, para terminar, me afastei de Blanche. Descobri que havia tomado aversão a mim, nem ela mesma conseguia entender de onde vinha tal raiva, talvez porque suas crias tinham nascido em vão, ou talvez por ter percebido, com o correr dos anos, que Fru-Fru não era uma espécie de mãe para mim. Nunca foi.

    Deixei Blanche em Saint Michel de L'Attalaye e fui morar com meu irmão Jean Pierre, ali, logo atrás do depósito de lixo que lhe mostrei naquele dia. Estava levando uma vida muito tranquila quando soube que um estrangeiro, um caçador de rãs como Papá Crapaud, andava por Port-au-Prince procurando por alguém que fosse com ele à montanha. O caçador de rãs era o senhor, e o caminho que fizemos juntos termina aqui, no *Neptuno*, isso lá é palavra para se batizar um barco!

    Cada homem repete todos os seus caminhos, repete sem perceber, e mais ainda, com a ilusão de que os caminhos são novos. Não tenho mais ilusões, mas tenho de dar os meus próprios passos, os poucos que me restam, tenho de dar os meus e o senhor os seus, e a mulher que ficou lá no monte e que vai morrer amanhã, caminhará de novo aquilo que lhe coube. Até mesmo Cito Francisque, apesar de tão poderoso, vai ter que repetir tudo, de morro em morro, de sangue em sangue.

Por ocasião da morte de Fru-Fru fui até Jérémie para beijar a terra onde ela ia descansar. Carmelite e Mireille levaram umas flores para o enterro, eram flores meio murchas, mas naquele dia não conseguiram encontrar outras. Estávamos fazendo uma oração para o anjo da guarda de Fru-Fru, pouco antes que a levassem para sempre, quando as flores levadas por Carmelite, e também as de Mireille, começaram a perder as pétalas, veio uma brisa e elas se desfizeram. As pétalas caíram na cova, e foi como se alguém tocasse com um dedo em minha testa. Me lembrei do enterro de Papá Crapaud e daquelas caixinhas de papel com pétalas de rosa distribuídas aos presentes por Ganesha. Os mortos também repetem seus caminhos. O dedo invisível voltou a tocar na minha testa, e assim esqueci o cheiro de bosta e aquela exalação de urina que eu tanto detestava em Ganesha. Me lembrei apenas da oração que ela rezava:

"Tu, a escuridão que envolve o espírito daqueles que ignoram tua glória."

Levantei a cabeça e fiquei sabendo que na hora de minha morte eu também deveria dizer aquelas palavras. Passei muitos dias repetindo as palavras de Ganesha, repeti até não me esquecer mais delas, até entrarem na minha carne, e hoje sei que nunca mais serão esquecidas por mim.

Verei a volta de todos aqueles que espero, ou pelo menos de todos aqueles que me amaram, a todos abraçarei e lhes direi devagar para que me ouçam perfeitamente:
"Tu, a escuridão..."
Então eles me darão a luz.

Em meados da década de setenta registrou-se uma queda considerável nas populações de *Eleutherodactylus sanguineus*, uma pequena rã terrestre, de cor vermelho-brilhante, que existia somente nas regiões montanhosas da Ilha de Hispaniola.

Dez anos mais tarde a rã desapareceu da República Dominicana. Ao mesmo tempo, informava-se que a espécie também estava prestes a extinguir-se no Haiti, onde apenas uns poucos exemplares tinham sido vistos no Mont des Enfants Perdus, montanha nas proximidades de Port-au-Prince.

Em novembro de 1992, o herpetólogo americano Víctor S. Grigg empreendeu uma expedição à referida montanha, sem ter localizado um só exemplar da *grenouille du sang*, nome comumente dado no Haiti ao *Eleutherodactylus sanguineus*.

Várias semanas depois, após receber informações confidenciais de que a rã fora localizada no Casetaches, monte situado na parte mais ocidental da ilha, Grigg se transferiu para lá, e após uma busca intensa conseguiu capturar um exemplar de macho adulto, que, segundo seus próprios relatórios, era o último de sua espécie no planeta.

Em 16 de fevereiro de 1993, quando voltava para Port-au-Prince, procedente do porto de Jérémie, o barco em que Grigg viajava afundou próximo da costa de Grand Goave. Quase duas mil pessoas morreram na tragédia. Não foram encontrados os corpos do cientista e de seu ajudante haitiano, Sr. Thierry Adrien.

O último exemplar da *grenouille du sang*, devidamente preservado, perdeu-se com eles no mar.

Impresso no Brasil pelo
Sistema Cameron da Divisão Gráfica da
DISTRIBUIDORA RECORD DE SERVIÇOS DE IMPRENSA S.A.
Rua Argentina 171 – Rio de Janeiro, RJ – 20921-380 – Tel.: 585-2000